摇篮曲

泱泱华夏三万里　从上古至晚清

文明奔涌　永不止息

许思雨

著

中国财富出版社有限公司

U0750728

作者携夫人于巽寮湾合影

作者与夫人在家中合照

丈夫虽有志繼無聊洫

志傷並柳九秋非因澤

柳新弱俦多春

即折畸

徐悲鸿先生言志为之

誰使春風天上来姚黄

觀朵竟為開美其實

貴旁揮榜天愛丹心

托襟懷 咏牡丹 吴宗明诗其十一

昔人已乘黄鹤去，此地空余黄鹤楼。黄鹤一去不复返，白云千载空悠悠。晴川历历汉阳树，芳草萋萋鹦鹉洲。日暮乡关何处是，烟波江上使人愁。

唐崔颢黄鹤楼一首　甲午年夏　吴昌

大雨落幽燕　白浪滔天　秦皇岛外打鱼船　一片汪洋都不见　知向谁边

往事越千年　魏武挥鞭　东临碣石有遗篇　萧瑟秋风今又是　换了人间

毛泽东词　浪淘沙·北戴河　吕兰亭书

開國七十年風雨
一路艱申
攀正嶺起霸業橫作
陵灾難把我此食動
藏崔圍動隨餓泳
常思源

新中國七十年誕辰林岩口

多重淬炼凝铸绽放诗之花

——许思雨叙事诗集《摇篮曲》代序

（李丕显，江苏师范大学文学院、音乐学院教授）

阅读许思雨的叙事诗集《摇篮曲》，引发了我的多重惊佩。

首先是宏阔的历史视野，恢宏的史诗构制。作者精心遴选中国文明史上的重要关节点，谱写成四言叙事诗，勾勒中华五千年文明演进的历史轨迹，如此宏阔的历史视野，这般恢宏的历史构制，你见过没？反正我没见过。诗集共收入叙事诗九十首，从历史传说到三王时代，中经十余朝代兴衰，终结于辛亥革命，宣统退位，可谓宏宏煌煌之巨制。无论是或长或短的朝代更迭，还是重大关键的历史事件，以及间歇性的战乱分裂和国家趋向统一的大势，中原汉族和少数民族的矛盾与融合，还有繁荣昌盛的非物质文化、精神文明建设，诗人都是去伪存真，去粗取精，然后付诸四言叙事诗的形式，力求客观地、清晰地一一叙写，便于读者迅速了解我们民族的多元一体、一体多元的历史大要，尤其对于青少年读者，这部诗集无疑是进行传统文明教育、爱国主义教育的生动材料。不能不说，这在当代诗坛也应是某种意义上的创举。

不仅如此，恢宏的史诗般叙事构制更是进一步凸显出诗人的超拔的史识、超脱的历史姿态。例如王朝更迭，诗人特别看重封建王朝的仁政或暴政，揭示其得道或失道，归结于人民群众载舟覆舟之效应，显然是发掘到了历史的底蕴。

再如翻案文章，充分彰显出作者辩证对待的态度，不是一味地褒贬。专写秦始皇的诗篇，用"千古一帝"做标题，概述其一生功业和得失，既不像好多史书那样极力攻讦，也不像某些翻案文章一味颂扬，而是忠于历

史，客观公允置评，最后落脚于"其功大焉，其失大焉！"。再如写曹操，《东汉裂变》《曹操破袁》《刘备三顾》《周郎赤壁》《孙刘之争》等五首诗中均有涉及，互相参照，彼此呼应，对曹操一生的一系列重大事件中的功过得失，给出令人信服的夹叙夹议。这不仅表现出诗人的明察和洞见，且凸显了史家秉笔直书的优秀传统。

中华文明史是中华各民族共同创造的，各民族之间在历史的发展中难免出现矛盾甚或激烈冲突，然而总体趋势是各民族之间的政治的、经济的、文化的大交流、大融合。可喜的是《摇篮曲》对此多有关注。诗中写道："中华大地，汉人为主。蛮夷戎狄，向称异族。与汉杂居，与汉同古。"（《北方匈奴》）五代十国时期，"五胡乱华"，史家多如此称呼，诗集却改称"五胡争土"，对少数民族政权的丰功伟业，不吝予以首肯。譬如表彰后赵石勒治国："石勒治国，任用贤良，效仿西汉，鼓励开荒，民族和好，创办学堂，开明政治，兴盛景象。"肯定前秦苻健、苻坚，"端本清源"，"提倡儒学，整饬军政，兴修水利，鼓励农耕，人心向一，国势日盛。"（《五胡争土》）——可以说是赓续中华优秀传统，却又纠正某些正统偏见，闪烁着历史主义和民族精神的光华。

中华传统文明中的精神文化建设，是叙事诗集的又一聚焦点。从上古时期的仓颉造字、殷文卜辞、金文辉日，到儒、道、阴阳家学派，再到秦人文字、两汉文字，都有专属的诗篇抒写。传说上古，结绳记事。歌颂仓颉造字，诗云"星移斗转，符号兴替。或刻或划，石崖洞壁。河图洛书，古史所记"。造字规则是"仰观天象，星辰云雨。俯察山川，鸟兽行迹。体类象形，创制文字"。于是颂之曰："中华文明，万载文脉。仓颉丰功，至赫至巍。"（《仓颉造字》）写到殷文卜辞，又云"象形指事，形声会意。诸多文法，绳墨入律。源广流长，发展有序。后世汉字，一脉相继。刀笔书法，高深造诣。点线优美，章法文丽"。（《殷文卜辞》）及至《金文辉日》一诗，除了叙写史实，更多突现其书法之美："书体演进，合律有序。初始粗犷，质朴平实。继而端庄，优美遒丽。再后谨严，依器布势。庄重典雅，自然天趣。"至如秦人文字、两汉文字，均有专属的诗篇，同样是叙写史实之外，突现大篆、小篆、金文、隶书、草书、楷书各擅其美，凸显书法家写诗，另有意趣，诱发读者赏鉴书法美的兴味；顺便而不是有意地显露出了许思雨作为书法家的创作和鉴赏的造诣。

关于诸子百家，诗集精心筛选出道家、儒家、阴阳家三大学派，撷取每一学派的要义，画龙点睛般歌咏，尽情尽兴。例如颂扬道家创始人，"老子哲学，道为核心。道为何物？虚不见形。宇宙万象，皆为道生。天道自然，天人合一。事物两面，对立统一。有无相生，静动相成，负阴抱阳，相互作用。强极则弱，乱极则平。相互转化，往复运动。返本复初，永无止境。"老庄合说，顶礼相颂："老庄智慧，奠基哲学；道家文化，横溢中华。"（《道家学派》）儒家学说浩繁，诗歌委实不易尽言尽意给予传达，《儒家学派》一诗则是紧扣学派要旨，要言不烦："仁为核心"，"己所不欲，勿施于人"，"忠恕贯之，克己修身"。真个是言简意丰，含蓄隽永，让人回味无穷。对孔子的功业，不惜浓墨重彩："大哉孔子，硕学巨儒，下知人事，上通天命，当世不用，身前无名。不降其志，不辱其行，孜孜追求，终其一生。万世师表，至尊至圣。中华文化，博大精深，儒为主流，熠熠生辉。"直可与《史记·孔子世家》太史公之"赞曰"相参照："《诗》有之：'高山仰止，景行行止。'虽不能至，然心向往之。"

通过多角度的叙写，诗集激荡着动人心魄的诗情，充溢着对祖国历史、对传统文明的挚爱之情。正如作者《后记》中所说："我在充满希望中开始，又在孜孜追求中结束。它是我用心血培育成的果，我的人生态度、思想情感和民族情结都融入了这部书。我珍视这部著作，它积我一生所学，是我一生最宝贵的财富。"这种挚爱之情，饱含着诗人将近一生的多重淬炼。首先是少幼时期的农村生活的磨炼。思雨从小生活在偏僻的农村，艰苦备尝，却也因此磨炼出坚韧的品德，对党、对祖国、对人民有朴素的、纯真的热爱之情。正当世界观走向成型的年代，他恰巧经历了革命运动的历练，历练出自觉的、清醒的觉悟，那朴素纯真的感情进而升华为坚定的、纯粹的意念和信仰，终生矢志不移。其后又到解放军的大熔炉里锤炼，锤炼出坚韧不拔的意志和人格，不管顺境逆境，始终葆有初心。而

多重淬炼凝铸绽放诗之花

3

从青年时代起，思雨就沉浸于传统文化的熏染，不仅熏染出对中华文明史的熟稔，亦复熏染出一身儒雅之气。记得他在师范学校读书时，就特别喜欢语文，尤其酷爱古文，作文中有时透露出似乎有些早熟的书卷气。虽在叙事功能和抒情功能的交融方面，在炼字用韵方面，某些诗篇尚有可资推敲之处，然而毕竟是积淀了上述多重淬炼，熏染、凝铸成叙事诗的诗魂，绽放为摇曳多姿的摇篮曲之花，确乎令人赏心悦目，惊佩无已。

目录

◎ 后　记

4

古老的传说

（一）伏羲创世

盘古奋斧，阴阳大化。

东亚一方，是我中华。

江河东流，浩波漫澜。

岭谷盘盘，草木茸茸。

万类忻忻，六合娟娟。

人文始祖，陇西伏羲。

生于成纪，燧人[1]后裔。

人首蛇身，才志高奇。

上观天象，下察地理。

万物幻化，阴阳有律。

创立八卦，发明琴瑟。

废止群婚，变革习俗。

结网渔猎，采集养畜。

另有苗蛮，及其东夷，

歃血结盟，和合为一。

统称中华，定都陈地。

举羲为皇，分域治理。

羲皇廉明，公断是非。

深得民心，四方安义。

羲皇故事，多见古籍。

淮阳昊陵，香火不息。

千古风云，舒合绵卷。

创世传说，永矢弗谖。

◇━━━━━━━━━

[1] 燧人：燧人氏，传说中钻木取火的发明者。

（二）神农尝草

伏羲后世，关中神农。

推举族首，心忧百姓。

身入八荒，刀山剑岭。

寒暑易节，魑魅啸风。

亲尝百草，分出五谷[1]。

烧荒垦殖，农牧互兴。

选定草药，三百余种。

著述本草[2]，疗伤治病。

摆脱饥饿，崛起东征。

诸族降从，一统中华。

神农百岁[3]，远涉南疆。

尝草中毒，不幸身亡。

神农爱民，千古绝唱。

功德垂天，万流景仰。

[注释]

◇━━━━━━━━━

[1] 五谷：指稻、麦、黍、稷、豆。

[2] 著述本草：指神农尝出了365种草药，写成《神农本草经》。

[3] 神农百岁：相传神农120岁时，尝到一种剧毒植物，中毒身亡。为追思神农，
后人把这种植物命名为断肠草。

（三）黄帝立业

神农世衰，炎帝嗣宗。

诸侯离德，军事失整。

伏羲后裔，公孙轩辕。

祖居姬水，智勇双全。

推举族首，唯职唯贤。

经营陕北，沃野桑田。

世道升平，人有余闲。

突临天灾，干旱连年。

赤野千里，饥疾相煎。

寻路求生，老幼远迁。

东渡黄河，进至冀北，

征服仓颉，圈域围田。

定都涿鹿，创业维艰。

畜牧农耕，繁荣再现。

占据华北，强军守边。

苗蛮之系，东方九黎。

创业江淮，治理有序。

兴农冶铜，善造兵器。

首领蚩尤，为羲后裔。

勇猛剽悍，威武不屈。

生性善战，所向披靡。

实力日盛，开疆辟域。

挺进中原，遭遇炎帝。

炎帝九败，折战千里。

求诉轩辕，同仇御敌。

涿鹿决战，擒杀蚩尤。

乘胜追击，尽收失地。

轩炎同盟，随之解体。

争夺中原，兵戈再起。

阪泉一战，炎帝败绩。

握手言和，息鼓偃旗。

釜山会盟，轩辕称帝。

总理万国，中华一体。

系有土德，尊号黄帝。

黄帝理政，上和下睦。

创制文字，养蚕织布。

调整历律，研究算数。

编著内经[1]，博奥千古。

建此伟业，雄立东土。

奠定中华，功绩汗马。

经武纬文，万世不拔。

陕北黄陵，坐落桥山。

松柏万株，苍劲古远。

陵台盘踞，汉武所建。

历代碑碣，林立成园。

颂声载道，岁祭元间。

[注释]

[1] 内经：即《黄帝内经》，是我国最早的一部中医理论典籍。

（四）尧舜禅位

中华大地，万国联盟。

都城平阳，尧为首领。

尧姓伊祁，名曰放勋，

生于丹陵，黄帝玄孙。

洪德运天，慧智通神。

规定四时，农作有循。

亲善部族，一视同仁。

奖功罚恶，是非明分。

纳谏从流，自检其身。

富而不骄，贵而不淫。

为公忘私，万众归心。

四方升平，七十余年。

微服私访，民间选贤。

虞舜大孝，耕种历山。

体阔神敏，德才兼善。

尧女嫁之，以观德行。

置之深山，以观智勇。

考察三年，代尧主政。

推行尧典，奋发用命。

八年有余，帝尧驾崩。

禅让虞舜，山呼海颂。

山西临汾，涝河清波，

尧陵高筑，苍松翠柏。

庙宇环廊，雄伟壮阔。

初唐始建，岁月蹉跎。

历代构新，骚客翰墨。
尧帝禅让，乃开先河。
公心垂天，昭昭日月。
舜帝姚姓，名曰重华。
生于姚墟，平民起家。
定都蒲阪，号令天下。
以德治邦，重民教化。
律颁五刑，制典立法。
盟邦之忧，莫过洪泛。
命禹治水，一十三年。
导水入海，彻除水患。
殊功茂绩，大德若山。
代行天子，政清刑简。
舜帝百岁，巡狩南域。
崩于苍梧，葬于九嶷。
禹遵遗命，会盟天下。
南面称帝，邦号夏后。
运城舜陵，禹时筑建。
北枕孤峰，涑水盘澴。
后修庙殿，南对条山。
日月恒运，时移世换。
尧天舜日，颂声绵连。
尧舜禅让，光辉一现。
后世私国，四千余年。
朝代更迭，兴亡相间。
俯首青史，仰天长叹。

（五）大禹治水

大禹文命，生于崇地，
夏鲧之子，颛顼曾孙。
敏锐约言，克己克勤。
其德不违，其仁可亲。
其声为律，其言可信。
身为尺度，行为绳准。
部族内外，德隆望尊。
帝尧之时，四水漫溢。
暴虐千里，生灵大患。
命鲧治水，水浤汹汹。
筑堤掩堵，九年无成。
舜践帝位，巡察调研，
视鲧无状，殛其羽山。
四岳举禹，禹续其父。
查勘水文，遍及东土。
病足行跛，生死困苦。
不止不息，画地成图。
治分九州[1]，改堵为疏。
执锸率民，万众同酬。
凿开九山，疏通九流，
理清九泽，再造九湖。
三过家门，欲入却步。
一十三年，义无反顾。
引流入海，四害平除。
奉命摄政，上下诚服。

帝舜驾崩，禹理天下。

四方殷实，九州安定。

铸置九鼎，标表太平。

巡狩江浙，崩于绍兴。

葬于会稽，积土为陵。

大禹治水，深入民间，

遗迹布广，推本溯源。

禹王精神，阳煦山立，

中华之魂，传承永年。

[注释]

◇────────────

［1］九州：指冀州、兖州、青州、徐州、扬州、荆州、豫州、梁州、雍州。

（六）仓颉造字

传说上古，结绳记事。

星移斗转，符号兴替。

或刻或划，石崖洞壁。

河图洛书，古史所记。

符号构成，燧人编辑。

数学玄学，天文地理。

包罗万象，高深骇世。

黄帝时代，左使仓颉。

仰观天象，星辰云雨。

俯察山川，鸟兽行迹。

体类象形，创制文字。

古老的传说

《黄帝逸书》,《通鉴外纪》。
多部史籍,均有载记。
洛宁兴华,碣石矗立。
年湮代远,鱼菽岁祭。
中华文明,万载文脉。
仓颉丰功,至赫至巍。

三王时代

（七）夏朝风云

大禹暮年，私心萌发。

培植子启，强夺天下。

镇压异己，立国为夏。

开启世袭，后代效法。

帝启无德，奢靡淫逸。

在位九年，太康相袭。

游猎失政，逸乐不羁。

有穷部落，首领后羿。

神武善射，彪悍无敌。

垂涎夏朝，久伺待机。

太康远狩，后羿举兵。

直取夏都[1]，风起云涌。

太康亡洛[2]，郁疾而终。

后羿得国，不理朝政。

寄情射猎，逐日追风。

放权寒浞，浞性诡诈。

谋杀后羿，施号天下。

太康叔侄，亡徒名相。

蓄势反寒，泄漏春光。

寒军追剿，战死沙场。

相妻后缗，逃生娘门[3]。

生子少康，四处藏身。

有虞部落[4]，收留少康。

念其祖威，划土一方。

少康大志，复国有心。

招贤纳士，恤贫佑民。

同姓遗族，群起投奔。

造制兵甲，建军振军。

起兵攻寒，雄飞猛进。

战于纶城[5]，横扫寒军。

诛戮寒浞，四方安民。

少康复国，崇尚节俭。

轻徭薄税，推行井田。

编次刑律，修明政典。

制定夏历，研发夏篆。

冶炼青铜，奖励手工。

皆称有道，华夏中兴。

少康功绩，伟如泰山。

生于乱世，长于忧患。

与民同苦，与国同甘。

一代英主，万世垂范。

帝杼继位，杨武振兵。

东平九夷[6]，西固梁雍[7]。

后续六王[8]，人和政通。

黎庶乐业，海内升平。

孔甲及后，荒政乱政。

内廷废修，腐化趋增。

诸侯生叛，民负益重。

病国日非，危机伏生。

[注释]

[1] 夏都：指斟鄩，今山东省潍坊西南。

［2］洛：指洛水。

［3］娘门：指后缗的娘家有仍氏部落。

［4］有虞部落：即有虞氏部落，首领虞思。

［5］纶城：系寒浞政权都城，在今河南省虞城东南。

［6］九夷：畎夷、于夷、方夷、黄夷、白夷、赤夷、玄夷、风夷、阳夷九个部落，
合称九夷。

［7］梁雍：指古梁州、古雍州。

［8］六王：这里指帝杼之后的六个帝王，即帝槐、帝芒、帝泄、帝不降、帝扃、
帝廑。这六王治理有序，国泰民安。

（八）成汤灭夏

夏桀履癸，行不务正。

倾宫淫欢，蠹民祸政。

夜漏已尽，晨钟待鸣。

成汤大乙，商族首领。

世居亳地[1]，修德知行。

礼遇伊尹，拜相辅政。

宽松治国，扎根百姓。

深得民心，聚力强兵。

筹谋灭夏，四方响应。

孤立履癸，离间九夷；

借助天意，兴师出征。

首伐韦、顾，再克昆吾[2]。

剪除翼羽，进军夏都。

帝桀整军，仓促应阵。

战于鸣条[3]，溃不接刃。

亡命南巢[4]，束手就擒。

成汤灭夏，应天顺民。

爱民则昌，殃民则亡。

经国至理，古今传唱。

新朝雄起，国号为商。

商汤理国，施仁布泽。

法成令修，政平人和。

[注释]

◇────────

[1] 亳地：今河南省商丘市一带。

[2] 韦、顾、昆吾：为当时与桀关系密切的三个方国。

[3] 鸣条：今山西省安邑县西。

[4] 南巢：今安徽省巢湖市。

（九）伊尹佐商

伊尹名挚，初为奴隶。

少居伊水[1]，卖于有莘[2]。

经纬希才，志冲北辰。

但为奴仆，报国无门。

汤遣使臣，五顾乃从。

佐汤灭夏，定鼎之功。

帝汤托孤，不负委命。

太子太丁，未立先终。

次子三子，在位时促。

续立太甲，太甲不明。

身不修德，行邪乱政。

伊尹规谏，充耳塞听。

故作《伊训》，继作《肆命》。

再作《徂后》，祛邪导正。

劝导元果，禁之桐宫[3]。

伊尹当国，总理朝政。

桐宫三年，太甲反善。

稚气尽脱，行为朴简。

迎其复位，放手行权。

太甲柄政，宽厚清明。

诸侯亲顺，百姓安宁。

褒帝太甲，称号太宗。

伊尹佐商，五朝帝君。

天下长治，君民同尊。

百岁乃卒，天子仪葬。

举国凭吊，有史元双。

呜呼！

伊尹阿衡[4]，唯国唯公。

唯道唯德，唯贤唯明。

甲骨载迹，竹帛作颂。

第一辅臣，皎如日星。

[注释]

[1] 伊水：今河南省洛阳市附近。

[2] 有莘：指有莘国（诸侯国），今山东省菏泽市曹县。

[3] 桐宫：今河南省洛阳市偃师区西南。

[4] 阿衡：指伊尹官号。

（一〇）盘庚中兴

商汤之后，八王[1]守成。

德行天下，政治清明。

再后九朝[2]，夺位纷争。

乱法败德，祸殃百姓。

皇权势衰，诸侯失控。

四次迁都，喋喋怨声。

盘庚继位，英年老成。

聪敏达志，品性公正。

朝议迁都，为脱困境。

贵族拒徙，风雨满城。

不作妥协，喻理服众。

迁都殷地[3]，整饬朝风。

遵汤之德，行汤之政。

明正法度，革除时病。

诸侯来朝，国运中兴。

口碑在民，载歌载颂。

[注释]

[1] 八王：指帝外丙、帝中壬、帝太甲、帝沃丁、帝太庚、帝小甲、帝雍己、帝太戊。

[2] 九朝：指帝中丁、帝外壬、帝河亶甲、帝祖乙、帝祖辛、帝沃甲、帝祖丁、帝南庚、帝阳甲。

[3] 殷地：今河南省安阳小屯村。

（十一）武丁开疆

盘庚逝世，后叶不明。

小乙驾崩，传位武丁。

武丁少年，生活民间。

目击耳闻，民生苦艰。

思创大业，志向宏远。

正己守德，克勤克俭。

广施仁政，亲能使贤。

股肱庙堂，傅说甘盘。

宵旰图治，物阜民安。

强军振兵，修武备难。

其时四域，外侵频繁。

累诫不戒，唯有一战。

土方部落，印欧语人。

流徙西北，略地攘民。

武丁亲征，转斗千里。

乘坚驱击，横扫元余。

继伐鬼方，三年克敌。

再战西羌，烈风电卷。

贯甲提兵，一万三千。

一役制胜，敌酋离乱。

东方降夷，南方降虎。

二十余国，并入版图。

武丁靖疆，中华山立。

千载之功，经纬天地。

武丁在位，五十九年。

外博四方，内行修俭。

深得民心，拥军支战。

殷域倍扩，河清海晏。

文武昭德，天下咸欢。

武丁之后，续延八帝[1]。

末代暴纣，亡国易帜。

[注释]

[1] 八帝：帝祖庚、帝祖甲、帝廪辛、帝庚丁、帝武乙、帝太丁、帝乙、帝辛。

（十二）三仁谏纣

纣王名辛，正后所生。

侈言自傲，理屈不穷。

迷于妲己，荒酒害政。

滥伐嗜杀，炮烙酷刑。

诸侯离异，社稷将倾。

微子[1]进谏，心死朝堂。

携妻将子，弃国远亡。

箕子[2]进谏，无果而终。

混迹市井，佯作疯癫。

比干[3]直谏，纣王羞怒。

剥衣为楛，剖心于众。

赫赫恶迹，震撼国人。

独夫曰诛，民贼共忿。

反叛聚势，风举雷迅。

[注释]

[1] 微子：纣王的庶兄。

[2] 箕子：纣王的叔父。

[3] 比干：纣王的叔父。

（十三）殷文卜辞

大清后期，殷墟遗址。

带字甲骨，轰然出世。

或曰契文，或曰卜辞。

惊魂世界，擂天倒地。

十六万片，四千单字。

象形指事，形声会意。

诸多文法，绳墨入律。

源广流长，发展有序。

后世汉字，一脉相继。

刀笔书法，高深造诣。

点线优美，章法文丽。

归类大篆，记录国事。

机构臣僚，农桑典祭。

战争狩猎，月亏日食。

涉笔宽博，罗纳天地。

中华文明，跨步千里。

仰止祖先，殊勋异绩。

（十四）青铜旷世

日月经天，江河行地。

社会进步，不止不息。

劳动人民，推动历史。

青铜时代，阔步而至。

发明冶铜，传说蚩尤。

扩土伐战，制戈造戚。

禹铸九鼎，传国神器。

晚夏之说，考古有据。

盛极商殷，光被寰宇。

早商遗址，发掘多地。

郑州商城，豫北偃师。

安徽泊岗，湖北黄陂。

铜器出土，更仆难计。

造型大度，纹饰附丽。

类别繁丰，拍案称奇。

晚商殷墟，妇好墓邸。

出土铜器，四百有余。

方鼎方彝，大国气势。

雍容典雅，霁空虹霓。

众多物象，布满器身。

铭文勒刻，饱满遒劲。

青铜文明，巅峰商殷。

独立世界，光前裕今。

（十五）文王求贤

纣王乱政，殷商危浅。

属国西周，崛起岐山。

姬昌西伯，是为文王。

笃仁敬老，诸侯向往。

立志灭纣，蓄势倒商。

缺一帅才，心忧魂攘。

太公姜尚，东海平民。

年过古稀，颠沛苦贫。

怀才不仕，渭水垂纶。

西伯出猎，迁尚渭阳。

道骨仙风，仪表堂堂。

大钓无钩，悬于水上。

伯感奇异，与尚万语。

拜为师辅，挽臂同舆。

太公辅佐，策划用兵。

戎密五国[1]，纣王帮凶。

兵柯挞伐，举元不胜。

纣王闻讯，雷霆盛怒。

囚伯羑里[2]，虎口悬生。

太公施计，进献美女。

纣王赦罪，放归西岐。

文王在世，壮志未酬。

姬发续业，东征伐纣。

［1］戎密五国：即犬戎、密须、耆、邘、崇侯虎五个诸侯国。

［2］羑里：在今河南省汤阴附近。

（十六）武王伐纣

纣王昏乱，暴虐滋甚。

商殷王朝，气数将尽。

武王讨伐，百事皆备。

八百诸侯，会兵孟津。

三百戎车，三千虎贲。

五万甲士，蘯鼓齐振。

武王为帅，雄立高台。

左杖黄钺，右秉白旄。

勒兵以誓，地动山摇。

马前占卜，卜辞不吉。

风驰电扫，暴雨骤至。

武王惊骇，诸侯尽惧。

众议罢兵，另择吉时。

军师姜尚，力排众议。

纣军主力，远征东夷。

朝歌虚空，天赐良机。

兵贵神速，旋踵即逝。

武王大悦，麾旄断决。

携风沐雨，兼程并进。

直抵牧野，陈师布阵。

纣王闻报，仓促整军。

乌合之师，七十万人。

开赴牧野，皆无战心。

阵前倒戈，势不可遏。

周军追击，围定朝歌。

纣登鹿台，绝处难逃。

珠宝缠身，纵步投火。

武王凯旋，大会诸侯。

拥为天子，改朝为周。

祭祀天地，追思先祖[1]。

功臣谋士，依次受封。

九鼎迁镐[2]，修明周政。

平反冤狱，赈弱济穷。

清剿残余，剩勇东征。

欢声溢民，普天同庆。

[注释]

[1] 追思先祖：褒封神农之后于焦，黄帝之后于祝，帝尧之后于蓟，帝舜之后于陈，大禹之后于杞。

[2] 九鼎：即禹鼎。镐：周王朝新都，即宗周，今陕西西安西南沣水东岸。

（十七）周公吐哺

武王建周，天下初定。

巩固社稷，百废待兴。

拥朝四年，积劳驾崩。

成王姬诵，稚气黄童。

周公叔旦[1]，当国摄政。

千斤重担，尽瘁尽忠。

一沐三捉，一饭三吐。

外扰内顾，唯有不周。

飞言篡位，风掣雷骤。

管叔蔡叔[2]，疑云满腹。

殷纣之子，名曰武庚。

招纳遗民，潜伏待动。

串通管蔡，联合九夷，

摇旗呐喊，复商起兵。

周公麾师，亲驾东征。

声罪致讨，毙杀武庚。

授权姜尚[3]，控制东方。

逆反周者，著鞭不让。

姜尚运策，尽锐攻伐。

九夷俱灭，安平天下。

周公辅政，俯仰七年。

内安百姓，外靖边患。

制礼作乐，建章立典。

国事日兴，大功不言。

成王冠礼，隆盛旷典。

周公还政，举国称贤。

[注释]

[1] 周公：周武王的弟弟旦，封于曲阜，曰鲁。

[2] 管叔蔡叔：周武王的两个弟弟。武王担心武庚谋反，就让管叔、蔡叔、霍叔

三个兄弟监视武庚，是为"三监"。

[3] 姜尚：即姜太公，封于营丘，曰齐。

（十八）厉王毁国

西周盛世，成康之际。

五十余年，王道如砥。

之后遂衰，国事日非。

厉王姬胡，十代国君，

贪墨败度，暴虐殃民。

建周之初，分封诸侯。

山林湖泽，规定公有。

国人[1]渔猎，往返自由。

衣食所系，时移世守。

厉王废章，改为私有。

设关立卡，断民生路。

国人盛怒，怨声鼎沸。

召公进谏，厉王拒听。

复令卫巫，暗察里弄。

谤王非政，尽处极刑。

人人自危，宿怨藏怒。

隐忍四年，天裂地崩。

镐京城内，一声暴动。

数万国人，杀向王宫。

哮海弄潮，狂飙嘶鸣。

厉王潜匿，永诀都城。

太子姬静，逾墙奔命。

藏身匿伏，召公府中。

国人闻至，日夜围攻。

召公元奈，以子代静。

其子杖死，太子得生。

国人泄愤，暴动遂平。

召公周公，共和行政。

一十四年，天下稳定。

厉王命殁，还政于静。

是为宣王，延续周统。

宣王振国，征讨姜戎。

周军惨败，一蹶不兴。

[注释]

[1] 国人：指居住在都城里的平民。当时周朝平民分为两种，居住在都城之外的平民称为野人，居住在都城之内的平民称为国人。

摇篮曲

（十九）平王东迁

宣王驾西，幽王继立。

三川[1]皆震，国难飞临。

岐山崩坍，堙塞河干。

尸骨狼藉，惨不忍看。

飞报幽王，云不相关。

玉液琼浆，旦暮淫欢。

迷于褒姒，游乐骊山[2]。

层峦叠嶂，斗曲蛇蜒。

烽垒依稀，次第相连。

为褒开心，一展笑颜。

击鼓燃燧，接力狼烟。

各路兵马，齐聚骊山。

金鼓共鸣，旌旗招展。

褒姒颜开，笑影欲仙。

其后数戏，诸侯不前。

西夷犬戎，进攻镐京。

烽烟再起，皆不发兵。

寇殛幽王，掳其褒姒，

尽取周赂，扬长而去。

太子宜臼，承续周祀。

是为平王，东迁洛邑。

周代历史，界定东西。

东周逾衰，群雄并起。

春秋战国，一元复始。

◇────────────

[1] 三川：指泾水、渭水和洛水。

[2] 骊山：在今陕西临潼。

（二〇）金文辉日

西周金文，遗世独立。

上乘卜辞，一脉相绪。

同属大篆，风格迥异。

钟鼎簋盘[1]，青铜大器。

长篇铭文，炳焕天地。

铸录广涉，军国大事。

征伐盟约，赐命典祀。

四千单字，三千可识。

书体演进，合律有序。

初始粗犷，质朴平实。

继而端庄，优美遒丽。

再后谨严，依器布势。

庄重典雅，自然天趣。

八百余年，实用不息。

宣王特命，编著字范，

杂史偶载，一十五篇。

年湮代远，辗转失传。

中华大地，邈绵万里。

东西异俗，南北异语。

同气连根，同条共贯。

三王时代

29

同文而立，百折不涣。

[注释]

[1]"钟鼎篡盘"：青铜器名称。例如毛公鼎，周宣王时铸造。其铭文三十二行，四百九十七字，是至今所见到的最长的一篇金文。内容为周宣王策命毛公厝，委以政务，整饬纪纲、兴革政治的事情。此鼎铭文被称为金文中的庙堂之作。

春秋与战国

（二一）小白中钩

武王平商，改朝为周。

封师姜尚，于齐营丘。

时移世换，三百余年。

续至襄公，败德辱行。

群弟惧祸，保身去国。

弟纠奔鲁，管仲辅佐。

小白遁莒，鲍叔辅佐。

无知作乱，率众袭宫。

襄公病足，死于非命。

兄弟二人，先齐为君。

日夜竞行，雷驰电奔。

管仲领兵，截杀小白，

伏兵蜂起，战于即墨。

管仲弯弓，小白中钩。

破舌呕血，佯死误仲。

先纠而立，是为桓公。

桓公报仇，发兵攻鲁。

战于乾时，鲁军败走。

逼鲁弑纠，管仲请囚。

鲍叔说君，栋梁难求。

管仲之罪，盖为其主。

欲成霸业，化敌为友。

桓公从言，鲍叔迎囚。

桓公厚礼，尊为"仲父"。

拜为相国，佐理政务。

管仲相齐，公正持柄。

推行改革，礼法并用。

齐国大富，振武扬兵。

尊王攘夷，九合诸侯。

北征山戎，南攻强楚。

会盟葵丘[1]，终成霸主。

管仲射钩，桓公称霸，

管鲍之交，千古佳话。

[注释]

◇────────────

[1]葵丘:今河南省民权县城东。

（二二）重耳返国

武王之子，晋唐叔虞。

河汾之东，为其封地。

向明而治，导德齐礼。

都城曲沃，风光旖旎。

续至献公，宠幸骊姬。

逼死太子，欲立奚齐[1]。

重耳夷吾，逃奔东西。

献公卒殁，政变暴起，

侍丧期间，弑死奚齐。

议立重耳，重耳婉辞。

更立夷吾，时在梁地。

请秦护送，让土河西。

夷吾既立，背约不与。

使杀重耳，重耳避齐。

惠公四年，晋国饥荒。

乞粜于秦，缪公与粮。

次年秦饥，请粜于晋，

惠公不与，点兵攻秦。

背信负恩，激起秦愤。

秦兵大勇，誓不两存。

韩原一战，血海尸山。

俘虏惠公，斩首数万。

重耳干齐，衣食丰厚，

不思返国，壮志销元。

贤妻施计，辗转回国。

路过秦地，秦送至河。

拥为晋君，是为文公。

文公修政，施惠百姓。

晋人归心，富而强兵。

楚国成王，率军攻宋。

求援晋国，文公点兵。

联手齐秦，战干城濮[2]。

文公付诺，退避三舍。

楚将恃傲，视敌惧怯。

催师追逐，箴言不顾。

陷入重围，全军覆没。

晋干践土[3]，会盟诸侯。

天子使贺，册封"侯伯"[4]

定位中原，成就霸主。

[注释]

◇————————————

[1] 奚齐：骊姬生。

[2] 城濮：今山东省鄄城县西南。

[3] 践土：今河南省原阳县西南。

[4] 侯伯：诸侯中的领导者，俗称"老大"。

（二三）一鸣惊人

楚人始祖，芈姓鬻熊。

周初立国，封地于荆。

建都丹阳，后迁郢城。

庄王莅旅，纵情随欲。

左揽越女，右怀郑姬。

政令不出，朝阁不理。

伍举谓王，臣下有谜：

阜鸟三年，不鸣不飞。

安为何鸟，请示谜底。

王曰此鸟，栖于楚地。

飞将冲天，鸣将骇世。

期待数月，益发淫逸。

大夫苏从，入谏忘死。

庄王省醒，克勤自励。

伍举苏从，委以膀臂。

用贤使能，诛杀奸吏。

发展经济，举邦立事。

庄王东征，吞并鲁宋。

继而西进，遂至洛城。

阅兵周郊，问鼎轻重。

对曰治国，当在德行。

德行善美，虽小必重。

德行丑恶，虽大必轻。

周德虽衰，尚存天命。

庄王乃归，举兵攻郑。

郑国求晋，晋国出兵。

会战于邲[1]，血雨腥风。

楚败晋师，追至衡雍。

庄王乘势，号令会盟。

遂霸中原，诸侯听命。

[注释]

[1] 邲：今河南省荥阳市北。

（二四）夫差报越

句吴始祖，太伯姬姓。

周初武王，敕诏追封。

世居姑苏，修齐治平。

续至寿梦，国势日兴。

蚕食临邦，疆土倍增。

声威中原，龙虎争衡。

阖庐在位，割弊除旧。

相用伍员，将用孙武。

恩惠于民，三年致富。

遂行扩张，将兵伐楚。

五战五捷，夺楚郢都。

再行充兵，卷土伐越。

携李之战，阖庐中戈。

伤趾身死，一路哀歌。

夫差即位，重用伯嚭。

以为太宰，治军备敌。

日夜勒兵，待机等时。

越欲先吴，主动出击。

范蠡进谏，行者不利。

勾践弗听，遂之出师。

战于夫椒，败遁会稽[1]。

亡国丧家，朝不保夕。

文种用计，厚贿伯嚭。

请为臣国，以待再起。

夫差将许，伍员力阻。

勾践为人，坚韧吃苦。

今不灭越，来将灭吴。

夫差拒听，俱约罢兵。

勾践质吴，包羞忍辱。

吴王巍蔑，等同猪狗。

文种用计，再贿伯嚭。

吴王赦越，勾践返国。

东吕姜齐，幼主新立。

大臣争权，朝政荒弊。

吴王见机，决定伐齐。

伍员阻王，北伐必祸。

榻侧之患，非齐而越。

勾践不死，吴将亡国。

吴王成怒，叱而弗听。

令其居闲，禁问国政。

吴王伐齐，败敌艾陵。

诸侯使贺，阅兵炫功。

后居八年，黄池^[2]会盟。

晋吴争霸，南北相并。

[注释]

[1] 会稽：今浙江省绍兴市。

[2] 黄池：今河南省封丘县西南。

（二五）勾践观胆

越侯始祖，文命夏禹。

奉守禹祀，封于会稽。

历殷至周，二十余世。

至于勾践，质吴返国。

苦心焦思，置胆于坐。

礼贤厚宾，身自耕作。

文种治政，范蠡治兵。

已而七年，国复殷盛。

勾践报吴，问计逢同。

逢同献策，先隐后动。

当今吴王，自矜其功。

兵加齐晋，结怨群雄。

结齐亲楚，附晋厚吴。

吴必轻战，一举可成。

勾践朝吴，厚献珍奇。

夫差大喜，伍员独惧。

面刺吴王，浑然失涕。

伯嚭上言，命伍使齐。

伍将其子，委于鲍氏。

细人报越，再贿伯嚭。

使嚭离间，铲除子胥。

嚭谗伍员，预谋反叛。

夫差听信，令员自戕。

伍员将死，铮铮有声。

树吾墓梓，梓可成器。

越国灭吴，必在其时。

抉吾双眼，置于吴城。

斯言必验，以观越兵。

后居四年，吴王亲兵，

北会黄池，与晋争鼎。

吴国虚空，机不旋踵。

越军十万，烈马嘶风。

诛杀太子，掠物屠城。

吴王礼越，与越媾和。

其后四年，越复伐吴。

吴军惨败，困于姑苏。

夫差求赦，范蠡上奏：

"越人谋吴，二十二年。

天赐不取，即是违天。"

乃鼓进兵，山摇地动。

夫差持剑，仰首号天：

"吾有何面，去见伍员。"

遂到自毙，含恨九泉。

勾践灭吴，会盟徐州。

天子赐伯，以为霸主。

文种自杀，范蠡泛舟。

明哲保身，蠡为楷模。

（二六）三家分晋

晋侯出公，傀弱日浅。

六卿[1]持政，相互攻战。

中行范氏，二卿败亡。

赵魏韩智，四卿分赃。

智土广袤，物力为大。

久欲并晋，胸藏鳞甲。

宴请三卿，提议为令。

各献百里，以振晋兴。

韩魏愿与，赵独不从。

智约韩魏，联合起兵。

三路伐赵，志在必胜。

赵军不敌，退至晋阳[2]。

攻城二年，城防如钢。

晋邑东北，晋水荡漾。

素若白练，源远流长。

智伯截堵，水灌晋阳。

满城惶恐，群僚聚商。

张孟献计，攻心为上。

说服韩魏，反戈倒向。

韩魏说从，合谋而动。

改洪淹智，智军大惊。

乱不成军，溃不听命。

三军直入，迅雷疾风。

落叶横扫，一举全胜。

智伯战死，分土祝庆。

三卿朝周，天子赐侯。

乘势分晋，春秋之终。

[注释]

[1] 六卿：范、中行、赵、魏、韩、智六家。

[2] 晋阳：今山西太原。

（二七）魏国折变

春秋之初，百余诸侯。

兵戈互兴，砥砺争锋。

进入战国，七雄并立。

变法求强，士族废衰。

草根逸才，应运而起。

大势所向，垂统逐一。

魏国文侯，文王后裔。

礼贤明达，信用吴起。

改编《法经》，授田立制，

平衮明法，军事拟律。

变法数载，首先崛起。

吴起为将，沙场点兵。

庞师击秦，连拔五城。

吴起统军，爱兵如命。

卧不设席，行不骑乘。

卒有疽者，为其吮痈。

苦乐同享，共死共生。

尽得士心，士无不勇。

据守西河，四方承平。

赵韩畏战，秦不敢东。

文侯既卒，起事武侯。

使起伐齐，克取灵丘。

继之攻赵，继之征楚。

无往不胜，四方皆服。

吴起贪名，君臣失睦。

王错害起，起乃奔楚。

武侯之后，是为惠王。

重用庞涓，以为大将。

齐人孙膑，庞涓同窗，

阴邀入魏，剔膝为障。

弃之敝帷，若存若亡。

齐人使魏，窃膑而归。

田忌进荐，王尊为师。

魏国伐赵，赵求于齐。

忌为大将，膑为军师。

围魏救赵，避实击虚。

设伏桂陵[1]，魏军败绩。

之后数年，魏国伐韩。

韩国告急，求之于齐。

田忌为帅，孙膑献计。

围魏救韩，减灶错敌。

马陵[2]设伏，夹道合击。

庞涓回撤，夜至马陵。

一声呼号，万弩如雨。

魏军蜂乱，相互践踏。

齐兵骤起，涌腾而下。

挥戈横扫，斩首如麻。

魏军覆没，庞涓自杀。

齐乘剩勇，纵兵破魏，

虏其太子，胜利而归。

魏国两败，从此势衰。

[注释]

[1] 桂陵：今河南长垣北。

[2] 马陵：今河北省大名县东南。

春秋与战国

43

（二八）楚国变法

楚国悼王，素闻吴起，

文武兼备，超凡出世。

命为楚相，改革求强。

吴起改革，明法审令。

公族远者，废爵销俸，

充实农业，与民同耕。

扶正官场，罢黜无能，

裁官节资，用于强兵。

楚国大治，政清民靖。

于是扩疆，对外用兵。

南平百越，北并陈蔡，

东却三晋，西伐秦嬴。

诸侯皆惧，不敢谋楚。

吴起变法，多有结怨。

贵戚觅机，反攻倒算。

悼王驾崩，停丧之际，

宗室作乱，袭击吴起。

吴起中箭，死而后已。

新法遂废，国事日非。

（二九）燕王雪仇

召公名奭，与周同姓。

武王灭纣，位列三公。

分封燕北，主治陕西。

召公巡行，深入乡邑。

甘棠树下，听讼断狱。

后用棠政，颂扬政绩。

召公之后，查元史记。

直至惠侯，共和之时。

后入战国，燕哙继立。

哙不好色，乐于田耕。

子之为相，立断专行。

齐使苏代，与相交深。

语激燕哙，信赖权臣。

鹿毛寿者，时之名隐。

阴受子之，盅骗燕君。

劝做圣主，效法尧舜。

燕哙听信，让国为臣。

子之得国，诸侯共愤。

遂与太子，平治逆臣。

齐国宣王，乘机破燕。

掠城十座，百车财产。

燕立新主，是为昭王。

卑身厚币，四方招贤。

报雪先耻，立定誓愿。

苏秦听闻，千里至燕。

燕使苏秦，入齐为间。

苏秦辩士，祖居洛阳。

学于鬼谷，游说四方。

列国不纳，狼狈返乡。

苦读《阴符》，辩口大长。

再说六国，合纵抗秦，

推为约长，身佩六印。

秦人用计，合纵解体。

苏秦入齐，为齐客卿，

说使宣王，归还十城。

宣王驾崩，湣王续立。

苏秦用计，阴谋弱齐。

联赵灭宋，挑斗是非。

齐人争宠，刺杀苏秦。

噩耗至燕，燕王垂涕。

遂用乐毅，军事倒齐。

乐毅好兵，将门后裔。

为魏使燕，燕王礼遇。

委以大将，合纵伐齐。

五国联兵，破齐济西。

分歧不合，五国罢归。

燕军独战，长驱追击。

虎啸雷鸣，席卷田齐。

莒与即墨，两城未拔，

其余皆降，灭齐在即。

燕王大悦，劳军至济。

行赏缥士，封官晋职。

昭王驾崩，惠王继立。

新王与毅，故有嫌隙。

田单使计，反间乐毅。

蜚言四起，惠王置疑。

诏命前线，请回乐毅。

乐毅奔赵，未及燕地。

骑劫代将，形势逆反。

转胜为败，折戟千里。

（三〇）田齐复国

威王因齐，妫姓田氏。

其祖田和，废吕自立。

卒有齐国，史称田齐。

威王任贤，重用邹忌。

鼓励进谏，修明律法。

坚守四境，督察官吏。

百姓致富，国有厚积。

于是强军，启用孙膑。

两败魏国，声威大震。

之后宣王，不行正义。

乘燕内乱，掠其十邑。

再后湣王，疲敝自矜，

安不思危，觊觎燕人。

乐毅将兵，杀入齐境。

扫灭田齐，尚存两城。

临淄小吏，平民田单。

田齐疏属，才高运蹇。
亡走即墨，率众拒燕。
拥为将军，临危不乱。
固守五载，安城如山。
昭王驾崩，惠王继立。
单知新王，与毅有隙。
制造谣言，传至燕室。
"乐毅伐齐，实欲王齐，
不拔即墨，是为待机"。
惠王听信，罢免乐毅。
换将骑劫，走马入齐。
田单令民，祭祖于庭，
每餐必祭，食鸟不惊。
宣言神助，传于燕军。
骑劫大怒，下令掘坟。
齐人远望，填膺共愤。
群起请战，誓不两存。
于是排兵，征牛充军。
得牛千头，图之其身，
尾系脂芦，犄角束刃。
夜燃其端，冲向敌阵。
海沸山崩，裂石穿云。
五千精兵，衔枚疾进。
老弱击器，空谷传音。
燕军大骇，溃散四奔。
田兵乘胜，追亡逐北。
失地皆收，安抚生民。
迎立法章，是为襄王。

襄王得国，安危继绝。

功在田单，千秋口碑。

（三一）韩侯使贤

韩之先人，与周同姓。

苗裔事晋，位列六卿。

后与赵魏，三分晋土。

天子拟准，擢升诸侯。

立国中原，四邻之困。

地寡势弱，夹缝生存。

昭侯在位，虚己以听。

推行变法，启用申生。

申生不害，经世逸才。

修术行道，依规裁态。

苦筋拔力，否极泰来。

新研弩机，诸侯皆惧。

青锋利剑，断铁如泥。

精兵勇战，外不敢欺。

申生富年，积劳而死。

举国致悼，昭侯痛泣。

再行招贤，奇才不迁。

生杀予夺，西秦南楚。

风云不测，以攻为守。

合纵拒强，战而不屈。

与秦屡战，得不酬失。

韩魏交锋，未失寸土。

昭侯之后，存国百年，
战国称雄，当在硬骨。

（三二）赵国尚武

赵氏之先，与秦共祖。

后世事晋，渐成望族。

之后分晋，立国称侯。

时入战国，强梁凌弱。

赵武灵王，施行改革。

胡服骑射[1]，以武兴国。

兵民骁勇，颠扑不磨。

西秦昭王，弱韩东进。

韩将上党，献之于秦。

其守冯亭，主命不遵，

携图附赵，甘为赵民。

平阳君豹，谏上勿受，

引秦反赵，祸必及身。

平原君胜，赫赫有声：

"坐收大利，情理之中。

秦若祸我，我有赵兵。"

赵王曰善，发兵上党。

受城缔约，安民颁榜。

秦王激怒，以为大耻。

王龁为将，出动安邑。

直取上党，赵师败绩。

军临长平[2]，两相对峙。

赵将廉颇，守而不战。

粮饷之困，民负如山。

速战连声，朝野缭乱。

赵王怒颇，独擅其见。

秦使千金，赴赵反间：

"廉颇降秦，时在早晚。"

赵王听闻，满腹疑团。

移颇换将，不顾劝谏。

秦使白起，潜入前线。

代替王龁，指挥作战。

赵括执印，开垒击秦。

秦军佯败，赵军跟进。

起出奇兵，左右迂回，

分赵为二，形成包围。

赵军断粮，四十六日。

阴相残杀，人肉充饥。

轮番突围，如蝇碰壁。

赵括战死，赵卒降秦。

挟诈坑杀，以防乱军。

长平之战，惨烈空前。

赵国损兵，四十五万。

元气不复，物力维艰。

白起熟虑，遂之上书。

退兵河内，修整过冬。

春暖花开，即行举兵。

夺取邯郸，扫清赵境。

秦王功业，一举可成。

赵使入秦，贿说应侯：

"起下邯郸，赵国沧亡，
封起三公，位汝之上。
阻起再功，当机不让。"
应侯心领，联络众卿。
进言王上，陈辞罢兵。
"白起杀降，六国已怒。
连战灭赵，必成合纵。
今日韩赵，割地请和，
顺风扯旗，乃天作合。"
秦王听信，罢兵缔约。
起与应侯，从而生阂。
秦使受土，赵王负约。
昭王羞怒，倾国之兵，
围攻邯郸，水泄不通。
赵王已备，全民皆兵，
四十万人，廉颇统领。
放弃野战，竭力守城。
人在城在，上下齐同。
秦兵攻城，转眼逾月。
伤亡两万，五将殉国。
轮番休整，强攻减弱。
赵兵精锐，伺机入袭。
频频闪击，得手便回。
秦不胜防，折坚挫锐。
王陵整军，二举进攻。
赵军铁骑，喊杀出城。
凶如洪涛，气若长虹。
却秦百里，斩首万名。

昭王驰援，十万甲兵。

王龁代将，再举攻城。

半载未下，死伤惨重。

秦王使臣，率兵五万，

驰援王龁，奔赴前线。

其时城内，粮饷已断，

刿子而食，骨为炊烟。

邯郸危亡，不降自陷。

平原君胜，外交成功。

楚魏援军，二十万兵。

直进邯郸，杀气腾腾。

魏军击西，楚军击东。

赵军应内，三路冲锋。

秦军不敌，全线溃崩。

联军乘势，进攻汾邑。

秦兵退遁，卒至河西。

夹河对峙，收拾残局。

河东之地，六百余里。

沃野桑园，尽入赵籍。

赵人守国，气壮山河。

泰山压顶，其志不夺。

精神独具，慷慨悲歌。

炳炳烺烺，昭昭日月。

[注释]

[1] 胡服骑射：即让赵人学习北方少数民族改穿紧身而短小的服装，训练骑马射
箭的本领。

[2] 长平：今山西高平西北。

春秋与战国

53

（三三）铮铮老秦

秦之先祖，嬴姓名翳。

助禹治水，殊勋茂绩。

舜帝嘉赏，受土犬丘[1]。

嬴翳之后，辅商佐周。

庄公在位，征伐西戎，

西戎败逃，西垂稳定。

上赐秦地[2]，晋升大夫。

襄公在位，望德知行。

文武兼治，自力更生。

其时幽王，宠信褒姒，

废除太子，诸侯叛异。

犬戎见机，杀进周室。

诛死幽王，肆掠无稽。

襄公兴旅，驱逐强敌。

护送平王，迁都洛邑。

加封侯爵，赐土岐西[3]。

襄公立国，国号为秦。

明法审令，安攘仁民。

缪公在位，建都于雍。

振兴武力，修行德政。

求贤若渴，一秉虔诚。

百里奚者，虞国大夫。

亡秦途中，为楚所虏。

秦使求仆，五羖[4]而赎。

缪公厚遇，亲释其囚。

授之国政，辞而不受，

另荐蹇叔，任上大夫。

二贤辅佐，谋无遗谋。

东平晋乱，西霸戎翟，

扩土千里，稳奠秦基。

缪公仙逝，秦人皆涕。

作歌《黄鸟》，遗德垂世。

孝公渠梁，行武修德。

亲仁百姓，泛施恩泽。

诸侯卑秦，以为夷狄。

中原会事，不与秦议。

孝公招贤，封官许愿。

卫鞅入秦，借助景监。

说服孝公，变法修刑。

内务耕稼，外征战功。

力战效死，赏罚分明。

考核官员，大权集中。

孝公信鞅，委以国政。

卫鞅施法，法令不行。

太子犯禁，其师代黥。

变法遂畅，音与政通。

三年之后，赞不绝声。

迁都咸阳，整肃军容。

跨过洛水，万马东征。

克魏伐晋，略地攻城。

锐不可当，战无不胜。

天子致伯，诸侯恭命。

惠王名驷，继国为君。

谓鞅谋反，车裂殉秦。

商鞅虽死，鞅法仍遵。

魏人张仪，受辱赴秦。

命为秦相，深得信任。

张仪欺楚，策士之风。

运用连横，瓦解合纵。

从而惠王，四方用兵。

北扫义渠，西平巴蜀。

南下商於，东出函谷。

风追电击，摧枯拉朽。

昭王名稷，惠王之子。

在位之初，太后当事。

外戚魏冉，久为相职。

范雎劝王，夺权自立。

相用范雎，将用白起。

发展巴蜀，稳定义渠。

远交近攻，近交远攻。

灵活掌控，据实而动。

白起统兵，无往不胜。

数击三晋，屡攻齐楚。

为报上党，与赵争锋。

倾国之资，决战长平。

坑杀赵俘，四十万众。

昭王暮年，兴兵灭周。

周军惧战，赧王归服。

宝器九鼎，三十六城。

皆献于秦，俯首听命。

铮铮老秦，骂名滚滚。

虎狼之国，执一而论。

荀子入秦，目睹耳闻。

笔下所记，当可采信。

观其百姓，朴实恭谨。

衣不轻佻，乐不诲淫。

积勤节俭，忠诚守信。

民无内斗，死国为尊。

观其官吏，一意为公。

不结帮派，不徇私情。

卓然超群，正大廉明。

退班之前，完成公务。

安闲回邸，从容轻松。

观其政令，简约利行。

上下如一，宽廉正平。

乱世翻覆，江河割据。

预知秦胜，其言无欺。

[注释]

[1] 犬丘：今甘肃省礼县东北。

[2] 秦地：今甘肃张家川东。

[3] 岐西：今陕西岐山以西。

[4] 五羖：即五张黑色公羊皮。

诸子
百家

（三四）道家学派

道家创始，李耳老聃。

出身楚地，周室史官。

周衰而去，行至散关[1]，

著书《老子》[2]，五千余言，

论述道德，传世经典。

老子其人，修养自隐。

老子哲学，道为核心。

道为何物？虚不见形。

宇宙万象，皆为道生。

天道自然，天人合一。

事物两面，对立统一。

有无相生，静动相成，

负阴抱阳，相互作用。

强极则弱，乱极则平。

相互转化，往复运动。

返本复初，永无止境。

物极必反，冲虚勿盈。

避免极端，事修乃成。

以道理国，政不强权，

无为而治，顺其自然。

民为邦本，谦下不争。

宽政和国，利向百姓。

上强妄为，高压施政，

肆行索取，恐怖乃生。

社会差别，安危之源。

人皆为利，未形之患。
贫富相殊，役尽官贪，
叛道不返，国家必乱。
安定社稷，实行均产。
社会行为，一慈二俭。
正道治国，奇诡用兵。
善谋不拼，善战不怒。
善胜不战，哀兵常胜。
国际外事，旨在安国，
平息纷争，制止战祸。
主张相下，不分强弱。
德从道生，唯道是从。
得道有德，大道无形。
君王悟道，识物守根。
政行无为，其德乃真。
上善若水，政不扰民。
身全天下，为国担责。
圣人处世，为腹不饥，
不贪声色，不图物欲。
以退为进，善让忘私。
成就理想，精通舍取。
圣人无积，患难无惧。
赤子捐身，荣辱不移。
屈而求全，弯而求正，
无为守柔，修身养性。
少私寡欲，齐同报一，
邪恶之气，欲乘无机。
任气使强，贪生纵欲，

为邪作恶，终为死灰。

九层之台，起于累土。

欲成大事，细小着手。

自重自爱，慎终如初。

道之伟大，是其平凡，

无往不在，左右逢源。

不行而知，不见而明，

博大精深，窥其一斑。

战国庄周，继承发展，

著书《庄子》[3]，世称经典。

后学之作，堪比积山。

老庄论道，褐衣怀玉，

辩证唯物，独具魅力。

老庄智慧，奠基哲学；

道家文化，横溢中华。

孔子问礼，传为佳话。

儒家荀况，法家韩非，

得益道学，取其所需。

大汉之初，无为而治，

老庄思想，倍受捧誉。

汉武之后，独尊儒术，

儒道抗衡，直至今日。

[注释]

[1] 散关：即函谷关，在今河南省灵宝市西南。

[2]《老子》：又名《道德经》。全书共81章，分上下两篇。上篇37章为道经，讲
的是世界观问题；下篇44章为德经，讲的是人生观问题。全书文辞简约，哲

理深奥，涉及宇宙、社会、人生、政治、军事、外交等方面。

［3］《庄子》：亦称《南华经》。

（三五）儒家学派

儒家学派，孔子创始。

孔子名丘，表字仲尼。

春秋之时，生于鲁国。

少成若性，贫而锐学。

修养高深，知识渊博。

孔子为人，持重恭谨。

己所不欲，勿施于人。

孔子思想，仁为核心。

忠恕贯之，克己修身。

治国之道，主张复礼。

策名委质，端正名分。

孔子兴学，有教无类。

文行忠信，四教教人。

杏坛授徒，弟子三千，
精通"六艺"[1]，七十二贤。

携领弟子，游说诸侯，
宣扬复礼，"五伦"[2]治乱。

一十四年，备尝苦艰。

诸侯嘲讽，不晓通变。

坚守自励，击壤可赞。

回至鲁国，华发苍颜。

整理"五经"[3]，呕心吐胆。

摇篮曲

暮年喜《易》，三绝韦编。

七十三岁，寿满天年。

孔门弟子，缅怀先师，

结集《论语》，衣钵相传。

儒分八派[4]，俗称八儒。

战国孟轲，夺门而出。

儒宗之后，世称亚圣。

大哉孔子，硕学巨儒，

下知人事，上通天命，

当世不用，身前元名。

不降其志，不辱其行，

孜孜追求，终其一生。

万世师表，至尊至圣。

中华文化，博大精深，

儒为主流，熠熠生辉。

[注释]

[1] 六艺：即六经。指《礼》《乐》《书》《诗》《易》《春秋》。《礼》以节人，《乐》以发和，《书》以道事，《诗》以达意，《易》以神化，《春秋》以道义。

[2] 五伦：指君臣、父子、夫妇、兄弟、朋友。五伦之教，以固统治。

[3] 五经：指五部儒家经典，即《诗》《书》《礼》《易》《春秋》。

[4] 八派：即子张之儒、子思之儒、颜氏之儒、孟氏之儒、漆雕氏之儒、仲良氏之儒、孙氏之儒、乐正氏之儒。

（三六）阴阳家学派

阴阳学派，创始邹衍。

战国齐人，哲家大贤。

明察宇宙，穷本极源。

立论阴阳，钩深致远。

宇宙闳闳，万物生生。

一切现象，阴阳贯通。

阴阳对立，相互交替，

相互消长，自然入律。

平常五物，以为五行[1]。

五行之德[2]，相生相胜[3]。

终而复始，玄妙无穷。

五德之说，广为应用。

王朝兴替，社会变动，

天文历数，中医疗病，

用其释理，释之则通。

阴阳合历，指导农耕。

五德化民，抱素怀朴；

五德化政，激浊扬清；

五德化国，政贵有恒。

邹衍之说，亦非空谈，

取之自然，源于自然。

亲身为之，小物先验，

大物推定，至于无限。

大九州说[4]，骇世惊天，

世界先声，俯仰人间。

邹衍其人，名重当世，

游历各国，无不恭礼。

阴阳之学，历代不衰。

济时拯世，屡现奇才。

后人为利，杂以迷信。

与此学说，不可同语。

[注释]

[1] 五行：即木、火、土、金、水。

[2] 五行之德：简称"五德"。指五行的德性，即相生相胜，终而复始。

[3] 相生相胜：相生指相互促进，如木生火、火生土、土生金、金生水、水生木；
相胜指相互排斥，或曰相克，如水克火、火克金、金克木、木克土、土克水。

[4] 大九州说：邹衍推定，世界由九个大州组成，各大州有小海环绕，九个大州
又有大海环绕。中国为九大州之一，名曰神州。

鼎鼎秦汉

（三七）千古一帝

秦庄襄王，其子嬴政，

聪慧睿哲，果敢刚正。

十三即位，吕相辅政。

吕相不韦，阳翟大贾[1]，

家累千金，助力子楚[2]，

定国立君，拜相封侯。

揽士三千，撰著春秋[3]，

恣肆朝野，威重震主。

假宦嫪毐，原于市井，

赖依太后，一任放纵，

揽客结党，目无君主。

秦王加冠，离京赴雍。

嫪毐视机，结集扬兵。

侵城咸阳，欲夺王宫。

秦王闻报，即行发兵，

生俘嫪毐，车裂之刑。

吕相坐案，饮鸩自终。

吕毐既死，秦王诫臣，

行必务道，体国体民。

克己少欲，持禄修身。

违道蠹政，律不徇情。

王与庶民，上下平等。

韩国使计，疲秦耗秦，

弱秦国力，缓其东进。

遣派间谍，郑国入秦。

郑国其人，精通水利，
说服秦王，关中治渠。
西引泾水，东注洛河。
三百余里，群峦阻隔。
数万民工，眠霜卧雪，
工程近半，谍情毕破。
秦王怒起，拟诛郑国。
郑国自辩，出人之言：
"初为间谍，后为关中。
灌渠一成，改田万顷。
关中大地，沃野粮丰。
秦将富强，富必强兵。
兼并诸侯，谁敢争锋？
吾为韩国，延命数岁，
王为秦国，万世之功。"
遂赦郑国，反为重用。
内籍妒臣，捞风捕影。
谏议逐客，请王下令。
王令逐客，客属皆惊。
李斯上书，高屋建瓴。
秦王从谏，逐令未行。
发现李斯，超世之能，
擢其廷尉，主管行政。
尉缭入秦，上宾之敬，
任其国尉，主管军政。
嬴政理国，先王之风。
礼贤下士，温良谦恭。
文武济济，灿若群星。

行使君权，障碍已清。

踵武先王，经纶山东。

尉缭用计，重行离间，

远交近攻，举国为战。

老秦风骨，继承发展。

死国为荣，代代相传。

李斯进谏，先灭弱韩。

韩国韩非，经世之能，

李斯同窗，荀子门生。

献策韩主，富国强兵。

因其口吃，不为所用。

故而发奋，著书立说[4]，

十余万言，传至秦国。

秦王阅毕，拍案叫绝。

急令攻韩，索取韩非。

秦军压境，山崩海立。

韩王惧恐，召非献计。

韩非入秦，充当奸细，

诋毁姚贾，中伤李斯，

目的弱秦，缓受攻击。

李斯说王，韩非大贤，

让其归国，必成大患，

就地诛杀，防其未然。

王命李斯，全权查办。

非请见王，狱吏不准。

仰天长叹，饮毒而尽。

秦王闻报，悲痛难忍。

秦破阳翟，韩王称臣。

取其国土，颖川置郡。
灭韩之年，赵国饥荒。
秦军攻赵，士气正扬。
赵将李牧，顽抗不降。
秦国间人，造言广传：
李牧欲反，风闻邯郸。
赵王中计，诛杀李牧。
秦军直入，邯郸失守。
俘虏赵王，尽收其土。
时至严冬，万里雪飘，
战事暂停，秦军返国。
转年春暖，整军再战。
兵分两路，金鼓喧天。
王贲攻魏，掘河灌梁，
大梁城破，魏王乞降。
纳图效玺，申表伏章。
王翦麾师，一举灭楚。
平息项燕，遂定江南。
王贲率军，攻取辽东，
虏燕王喜，燕国尽平。
王贲攻齐，出师燕南。
风驰电掣，得齐王建。
凭战之威，兼并六国，
六国贵族，皆给生路。
兵不歇战，拓室边远。
北逐匈奴，收复河套。
置郡立县，移民固边。
修筑长城，起伏连绵。

鼎鼎秦汉

长达万里，举世奇观。

南取百越，尽收岭南，

设置三郡[5]，徙民戍边。

开凿灵渠，沟通湘漓[6]，

长江珠江，两水相衔。

筑修"新道"，通运巨变。

万世之利，口碑永年。

泱泱大秦，雄立天下，

千古江山，如织如画。

东据东海，西涉流沙，

南尽北户，北过大厦。

秦王嬴政，功业彪炳。

群臣朝议，尊号皇帝。

秦皇推论，运行水德，

六为吉数，黑为主色，

治国理念，刚毅为格，

故行法治，以法立国。

丞相王绾，上奏始皇，

燕齐楚地，山遥水长，

应设侯国，镇守远方，

建议分封，诸子为王。

上令公议，皆以为善，

唯有李斯，独执己见：

分封诸王，久必疏远，

相互攻伐，祸乱之源。

施之郡县，中央集权，

立法治国，社稷久安。

始皇大悦，声动梁尘，

天下共苦，民苦为甚。

皆因分封，兵燹之怨。

乃分天下，三十六郡[7]。

天下初定，四方不宁。

匡正社会，安民之命。

铲除强暴，邪恶不容。

什伍连坐，贼盗匿形。

制法明规，法度端平，

法令出一，法贵必行。

秦法虽刚，然能与时，

易布易行，宜守宜奉。

二十世纪，云梦考古，

秦代律简，一十八种。

秦律之中，吏治为重，

苛刻严明，是其特征。

官吏犯过，刑罚有加，

不留余地，绝元宽恕。

史籍载秦，吏治清明，

官无受贿，吏元贪污，

廉洁自守，空前绝后。

道德化民，改俗移风。

男修于田，女修于红。

新政新风，乐享太平。

器物一量，货币一统。

文字同书，全国通行。

始皇寿辰，宴请百官。

博士七十，传杯弄盏。

仆射进颂，款款其谈：

陛下圣明，居高视远，
横扫海内，放逐夷蛮，
诸侯列国，变为郡县，
百姓乐业，永无战患。
功业之伟，伟如泰山，
日月所照，莫不赞叹。
皇上大悦，春风拂面。
淳于越者，齐人博士，
目眺众臣，出位进言：
仆射面谀，丑陋不端。
殷周二朝，风云变幻，
赖以分封，存续千年。
今之陛下，包罗万有，
子弟功臣，反为匹夫，
但凡有乱，何以枝辅？
长久之策，分封效古。
上命众议，辨析利祸，
利而坚守，祸而止步。
丞相李斯，出位面奏：
五帝不复，三代不袭，
治国之道，裁衣相体。
今日时势，天下已定，
改制郡县，大权集中，
法令出一，百姓响应，
万世之利，岂可旋踵？
儒生之愚，倒行逆施，
以己学说，非议当世，
群起追逐，虚言乱实，

不加禁止，危及国体。

《秦纪》之外，诸侯史记，
记事不允，无不谤秦，
谣言充斥，建议俱焚。
诸子所著，拣精剔污，
以文乱法，亦应焚除。
医药卜筮，农牧养殖，
利国利民，宝而存之。
道古害今，不法言论，
往而不咎，再者处死。
制曰可行，令启公文，
诏告天下，唯命是遵。
始皇焚书，只在民间，
皇宫书苑，典藏浩繁，
诸子百家，门类俱全，
概加管理，止于至善。
始皇临位，二十七年，
巡视西域，车殆马烦，
野径为路，颠簸不前。
巡视而归，举行朝会，
博士数人，联名上策。
富国之道，激活农工，
四方之物，往来流动。
国之现状，路不畅行，
行商作贾，谈路如虎。
请修驰道，天下四通，
开基立业，万世之功。
上曰准奏，乃治驰道。

鼎鼎秦汉

咸阳为中，北通内蒙，
东穷燕齐，南极吴楚，
西修直道，纵穿陕北，
金椎厚筑，旁植青松。
工程浩繁，数万民工，
战天斗地，沐雨栉风。
齐人徐福，著名方士，
上书始皇，东海之奇。
中有三山[8]，神仙所居，
快乐逍遥，长生不死。
愿领皇命，寻访仙人。
始皇大悦，深信不疑，
千名童男，千名童女，
赏赐优厚，携带巨资，
随徐出海，终无所知。
侯生卢生，亦为方士，
寻丹炼药，谋奸营利，
妖言惑众，行骗皇帝，
终不得药，于是亡去。
始皇闻报，怒不可已，
令捕归案，四百有余，
皆行坑杀，诏告于世。
始皇勤政，屡载史籍，
夜批公文，白日断狱，
年力就衰，劳不顾体。
始皇爱才，推诚布公，
功臣良将，皆得善终。
大秦更始，剩水残山。

休养生息，民心民愿。

始皇急功，大臣不谏，

北修长城，南修驰道，

营造陵寝，兴建宫苑，

农桑受损，徭赋不减，

民力难负，然不知返。

六国贵族，招魂扬幡。

阴风纷兴，蓄势待乱。

始皇东巡，病发平原[9]，

崩于沙丘，葬于骊山。

千古一帝，不尽褒贬。

其功大焉，其失大焉！

[注释]

[1] 阳翟：韩国首都。

[2] 子楚：秦昭王的孙子，安国君的儿子，质于赵国，即后来的秦庄襄王。

[3] 春秋：即《吕氏春秋》。其书包罗万象，主张君道无为，天下为公，德治教化，反对君主独裁。其目的是为秦统一后治理国家奠定思想理论基础，所以影响深远。

[4] 著书立说：指《孤愤》《五蠹》《说难》等。

[5] 三郡：即南海郡、桂林郡、象郡。

[6] 湘漓：即湘水、漓水。

[7] 三十六郡：即三川、河东、南阳、南郡、九江、鄣郡、会稽、颍川、砀郡、泗水、薛郡、东郡、琅邪、齐郡、上谷、渔阳、右北平、辽西、辽东、代郡、钜鹿、邯郸、上党、太原、云中、九原、雁门、上郡、陇西、北地、汉中、巴郡、蜀郡、黔中、长沙、内史。

[8] 三山：即蓬莱、方丈、瀛洲。

[9] 平原：即平原津，位于今山东省平原县。

（三八）秦人文字

春秋战国，割据纷争。

地域差别，习俗不同，

言语异声，文字异形，

龙蛇鸟兽，蝌蚪鱼虫，

奇诡怪诞，乱象丛生。

东西分化，南北不融，

中华断脉，濒入危境。

秦人重文，开来继往，

奠定华夏，文字走向。

遗迹石鼓，唐初发现，

一经出土，轰雷掣电。

十尊石鼓，组诗十篇，

歌颂秦治，体裁四言，

征旅渔猎，绝伦精湛，

惠王之时，镌石于陕。

石鼓文字，时代前沿，

金文一脉，接启小篆，

过渡形态，显而易见。

堂皇大度，雄浑超然，

严谨端庄，方正舒展。

古今颂辞，不乏名篇，

后世影响，可见一斑。

秦王嬴政，高度集权，
举国同文，新体小篆。
省改石鼓，脱化而出。
笔画匀称，护尾藏头。
曲如金丝，直如玉箸。
高度抽象，向隶过渡。
徒隶程邈，发明隶体，
书写快捷，神采独具，
风行民间，称叹不已。
李斯秦之，始皇善之，
发号布令，篆隶并行。
小篆习用，刻石记功；
修函著述，律法文命。
普用隶字，已然成风。
云梦出土，秦简数万，
墨书隶字，珠玑玉盘。
比对汉隶，唯缺波磔；
对比小篆，简洁洗练，
曲划转直，形变惊天，
篆意尚存，继踵比肩。
秦人文字，循序承转，
由繁趋简，由乱趋范，
由篆而隶，道正元偏。
秦之隶书，传代至汉，
走向顶峰，星斗之灿。
中华文脉，转危为安。

（三九）二世祸国

始皇嬴政，力振长策。

加强集权，安定社会。

公子扶苏，着加栽培，

协理政务，监察军队。

贤明仁爱，遐迩所闻，

举国怀望，莫不附顺。

始皇东巡，病发平原，

乃立遗诏，以策万全。

传位扶苏，继承皇权。

及至沙丘，撒手人寰。

胡亥之师，宦官赵高，

诡诈阴险，伴驾君前。

阉割之仇，深藏不露，

颠覆大秦，机不可求。

串通胡亥，挟制李斯，

三人为奸，果断出手。

封锁噩耗，篡改遗诏，

册立胡亥，太子封号。

遣派特使，携带伪诏，

赐死扶苏，谢罪宗庙。

公子临刎，仰天长啸：

"分明罗织，一任捏造。"

大将蒙恬，刚正云天，

领军塞上，三十余万。

亦赐其死，防其未然。

至此咸阳，举丧骊山。

胡亥袭位，上下惶然。

六国贵族，执手相欢，

死灰复燃，静候势变。

新君即位，不见新政，

遵从赵高，唯策法令。

以民为敌，严刑峻法；

除灭异己，借罪肃杀。

前朝重臣，郡县守尉，

逼讯刑戮，无一幸存。

数百官员，惨遭株连，

蒙冤受责，身首不全。

六名皇子，死于杜县。

皇子将闾，昆弟三人，

囚于内宫，令其自刭。

问其何罪？答曰不臣。

将闾泪下，扶剑而云：

"宫廷礼法，未尝不顺；

领受帝命，未尝不遵；

何谓抗上？何谓不臣？"

无人答对，横剑颈刎。

上从赵高，收举遗民。

前朝疏者，给以亲信，

前朝卑者，使其贵身。

奸伪之辈，粉墨登临。

时局大变，苛政如虎。

徭赋并加，收敛无度。

盗贼迭起，民不安户。

官贪吏腐，路遗白骨。

臣僚上谏，非杀即囚。

社会秩序，乱不可挽。

国基国本，破碎难全。

火山欲喷，干木欲燃，

亡国气象，谁可逆转？

（四〇）群雄反秦

二世二年，七月既望，

九百徒隶，戍边渔阳[1]。

途经大泽[2]，风起云扬，

闪电破空，惊雷回响，

暴雨倾泻，冲毁路梁。

度已失期，失期皆斩。

徒隶陈胜，振臂揭竿，

数万民众，攻占陈县[3]。

陈胜称王，立国张楚，

分兵西进，气吞如虎。

项籍字羽，生于下相[4]。

其祖项燕，楚国大将，

横剑死国，忠烈留芳。

秦王灭楚，流亡他乡。

羽随季父，名曰项梁。

项梁杀人，避仇吴中，

吴中贤士，多有交情。

项羽少年，文不成器，
教习兵法，略知其意。
及至青年，力大扛鼎，
刚烈好义，剽悍骁勇。
陈胜反秦，席卷江西[5]。
项梁据势，举旗会稽[6]。
八千精兵，攻城略地，
平定江东，驻扎下邳[7]。
居巢[8]范增，一蓑布衣，
献策项梁，语出中的：
扶立楚后，以顺民意。
项梁大喜，请为军师。
复令项羽，尊为亚父，
从其教诲，谋战之术。
牧倌熊心，怀王之孙，
流落民间，墨守清贫。
项梁迎请，拥为怀王，
建都盱眙，复楚立邦。
东阳陈婴，淮地英布，
四方豪杰，领兵投楚。
合兵七万，略城占土。
赵魏齐韩，四国皆复。
山东大乱，势不可阻。

沛县刘邦，泗水亭长，
游手好闲，聚酒好友。
府吏萧何，吹手周勃，
狱吏曹参，司御夏侯[9]，

屠夫樊哙，交谊甚厚。

刘邦受命，押送役夫，

修筑皇陵，赶往骊山。

中途行至，芒砀山前，

义释徒役，匿迹深山。

江东大乱，刘邦出山，

挥剑斩蛇，扯旗造反。

百余人马，攻克沛县，

尊称沛公，刮目高看。

复下两城，泗水薛县。

招募新兵，猛增三千。

乐不可支，风云突变。

秦将章邯，临危受命，

倾国之兵，痛击陈胜。

陈胜轻敌，复发内讧，

失守荥阳，义军离崩。

陈胜遁逃，死于城父[10]。

反秦之势，如临严冬。

刘邦奋起，进攻砀县，

击退秦军，捷音四传，

扩军应招，升至九千。

反秦烽火，闻风复燃。

韩国望族，谋士张良，

溯其先人，四朝国相。

其资睿黠，其志宏远，

文韬武略，黄石亲传。

散尽家财，招募刺客，

暗杀始皇，行而未果。

挚友相助，侥幸逃脱，
流落下邳，得遇沛公。
请为军师，欣然受命。
张良献策，领兵百骑，
投靠项梁，以图大计。
刘邦归楚，项梁大喜，
助兵刘邦，占领丰邑。

项梁西征，过关斩将，
首战东阿，再胜城阳，
西略雍丘[11]，击杀李由。
自诩骄矜，举止轻秦。
范增数谏，充耳不闻。
章邯亲兵，强势反攻，
恶战定陶，秦军大胜。
项梁战死，怀王伴哀，
收回兵权，自任统帅。
章邯渡河，破取邯郸，
复围钜鹿[12]，赵国危浅。
遣使赴楚，请求驰援。
怀王命令，两路击秦。
南路沛公，率部砀军，
出动砀郡[13]，向西挺进。
北路宋义，六万楚军，
先破章邯，而后西进。
南北两路，约法成章，
咸阳为的，先入为王。
二世闻报，章邯连胜，

决定亲朝，听政问政。
赵高威吓：急则生患。
示人以短，有损君严。
二世无奈，仍居禁宫，
独与赵高，决策国政。
右丞去疾，左丞李斯，
将军冯劫，联名上书：
关东反秦，重陷战乱，
赋重徭苦，是其根源。
停修阿房，立减徭赋。
倒悬之急，务请准奏。
二世盛怒，三人皆囚，
疾劫自杀，李斯刑戮，
株连满门，惨不忍睹。
赵高袭相，指鹿为马，
群臣附口，言笼天下。

上将宋义，次将项羽，
行至安阳，止步月余。
项羽费解，上进宋义：
援救钜鹿，引兵当疾。
楚击其外，赵应其内，
秦军必败，何故废时？
义曰运策，秦赵互厮，
秦胜兵疲，我承其敝。
披坚执锐，义不如公；
坐而运策，公不及义。
遂令军中，非议者死。

时逢冻雨，饥寒并集，
项羽闯帐，诛杀宋义。
自代统帅，无人敢拒。
报命怀王，使羽上将。
羽率全军，毕渡漳水，
破釜沉舟，呐喊入云。
六万将士，冲锋陷阵。
钜鹿九战，大破秦军。
诛灭苏角，俘虏王离，
涉间不降，举火自焚。
十路诸侯，俱作壁观。
项羽召见，膝行而前。
皆愿归附，并力作战。
秦驻棘原，楚扎漳南，
两军对峙，持而未战。
二世遣使，问责章邯。
章邯降楚，楚干新安，
坑杀秦卒，二十余万。
大秦帝国，气数告罄。
赵高惧祸，带兵闯宫，
诛杀二世，易立子婴。
子婴得立，计诛赵高。
仰首问天，泪雨滂沱：
周旦在世，复将如何？

刘邦西进，未遇强敌。
攻心为上，附之武力。
前后攻城，一十四座，

鼎鼎秦汉

多数出降，少数抗拒。

沿途纳军，升至十万，

军规严明，秋毫无犯。

抵近武关[14]，武关紧闭。

张良用计，鬼道行事，

未用搏击，俱歼守敌。

沛公破关，西取蓝田。

进抵咸阳，还军霸上[15]。

招安子婴，子婴顺降。

交割国玺，封存府库，

禁扰百姓，约法三章[16]。

将兵拒关，紧闭函谷。

项羽麾兵，四十万人，

攻城略地，浩荡西进。

沛公部下，曹无伤者，

密遣亲信，拜见项羽。

言说刘邦，破取咸阳，

拒关函谷，关中欲王。

范增谓羽，沛公异志，

去时贪财，今毫未取；

去时好色，今远妇女；

吾观其像，天子之气。

轻之必祸，务请急击。

项羽曰善，破关斩将，

长驱戏西[17]，鸿门扎帐。

命令各部，聚歼刘邦，

旦时出动，进军霸上。

项羽七叔，楚尹项伯，
念及张良，救命有恩，
欲呼良去，夜驰沛军。
良曰义者，不可不语，
入告沛公，沛公大惧。
请伯入帐，礼为兄长，
奉酒祝寿，约为婚姻。
尽言入关，秋毫无近。
封存府库，籍清吏民，
遣将守关，以待将军。
项伯复去，俱报项羽：
刘邦大功，击之不义。
项羽曰善，行当礼遇。
沛公于旦，从骑百余，
至达鸿门，谢罪面羽：
臣与将军，勠力攻秦，
臣战河南，王战河北，
不期先入，得复今日。
今有小人，挑事生郤。
羽曰非曹，何以至此？
遂留沛公，置宴畅饮。
范增睨王，举佩三示，
意诛沛公，王默不语。
范增而起，出召项庄。
项庄舞剑，意在刘邦。
项伯亦舞，庄不得击。
良至军门，召见樊哙。
樊哙闻帐，发皆上指，

瞋目项王，严声厉气：
天下反秦，英雄并起。
王与沛公，共图咸阳。
沛公先入，约法三章，
封闭宫室，还军霸上，
遣将守关，以待大王。
功高如此，未有封赏，
而信细说，欲诛功人，
亡秦之续，大王肯为？
项王无语，沛公如厕。
召哙而出，小道而归。
沛公至军，立诛无伤。
项羽引兵，西屠咸阳。
诛杀子婴，焚其帝宫，
收其货宝，扬长而东。
翌年仲春，大会功臣，
分封王位，一十九人。
项羽自立，西楚霸王，
都于彭城[18]，辖治九郡[19]。
赐封刘邦，巴蜀汉中，
以为汉王，都于南郑[20]。
怀王熊心，更为义帝，
迁都郴县[21]，烟波千里。
途经长江，遇刺身亡。
汉王起程，前往南郑，
身后栈道，焚烧一空。
项王听报，笑不绝声。

[注释]

[1] 渔阳：今北京市密云区西南。

[2] 大泽：即大泽乡。今安徽省宿州东南。

[3] 陈县：今河南省淮阳。

[4] 下相：今江苏省宿迁。

[5] 江西：指长江以西。

[6] 会稽：今浙江省绍兴。

[7] 下邳：今江苏省邳州。

[8] 居巢：今安徽省巢湖。

[9] 夏侯：即夏侯婴。

[10] 城父：今安徽省亳州。

[11] 雍丘：今河南省杞县。

[12] 钜鹿：今河北省平乡。

[13] 砀郡：今河南省商丘附近。

[14] 武关：今陕西省丹凤县境内。

[15] 霸上：今陕西省西安市东。

[16] 约法三章：基本内容是杀人者死，伤人者罚，盗窃者罪。

[17] 戏西：戏亭以西。今陕西省西安市临潼区东鸿门。

[18] 彭城：今江苏省徐州。

[19] 九郡：即泗水郡、薛郡、东海郡、琅邪郡、陈郡、砀郡、东郡、会稽郡、东
阳郡。

[20] 南郑：今陕西省汉中市。

[21] 郴县：今湖南省郴州。

（四一） 楚汉战争

淮阴韩信，早年家贫，
胯下之辱，世人皆闻。

精通兵法，身怀奇计，
抱负高远，未遇时机。

项梁起兵，进军江西。
韩信仗剑，异地投奔。

项梁战死，随羽征秦。

羽笃勇力，蔑视诈术，
韩信献计，屡遭白目，
鄙其出身，终不重用。

项羽东归，韩信离队。

沿袭小道，进入巴蜀。

萧何识才，鼎力相助，
说服刘邦，拜为大将。

明修栈道，暗度陈仓。[1]
杀出汉中，横扫三秦。[2]

按兵休整，待机东进。

项羽东归，返至彭城，
自诛王命[3]，世人震惊。

分封不公，激怒田荣，
扬兵复齐，吞并山东[4]。

赵歇陈余[5]，合击张耳[6]，

张耳逃亡，投靠刘邦。

赵歇迁赵，复立赵王。

陈余入代，顶替代王。
齐赵反叛，项王欲征，
复闻刘邦，占领关中，
欲西欲北，举棋不定。
张良函至，事理条明：
汉王无意，向东用兵，
只为关中，兑现约定，
齐赵拉拢，汉王拒听。
项羽信实，放松关中，
亲兵北上，镇压田荣。
决战城阳，楚军速胜，
坑杀降卒，屠戮百姓。
田横愤起，反抗聚兵，
军力日壮，收复城阳。
楚军围城，数攻不破，
齐人死守，相持胶着。
刘邦乘机，杀出函谷，
气凌云霄，势如破竹。

项羽谋士，美男陈平，
旷世奇才，不得重用。
陈平领命，率兵平殷[7]，
殷降未罪，驱车而归。
刘邦过河，掳走殷王。
陈平惧罪，投靠刘邦。
刘邦出迎，倍加器重，
任命都尉，协理军务。
刘邦克殷，伐楚东进，

举葬义帝，赚取民心。

发号布令，昼夜兼程，

五十六万[8]，杀向彭城。

项羽闻报，分兵击齐，

自带三万，回援救急。

刘邦克城，进入王宫，

掠取珍宝，声色纵情。

项羽兵至，劲力猛冲，

一气破汉，夺回彭城。

刘邦奔命，陷入重围，

孤立无援，危在鬼门。

狂飙骤起，风沙走砾，

折木毁屋，天昏地晦。

楚军大乱，刘邦脱险，

抄行小道，逃至沛县。

乡里接风，乃知不幸，

父母妻小，软禁楚营。

沉默良久，谢别登程，

直奔下邑[9]，吕泽行营。

刘邦聚势，会兵荥阳。

项羽数侵，严守死防。

张良献计，策反英布。

九江英布，骁勇如虎，

冠世战将，项羽心腹。

渐生分歧，屡次反目，

重金反间，归汉弃楚。

昌邑[10]彭越，贫苦出身，

泽[11]间渔夫，扯旗反秦。

攻城略地，壮至千人。

齐王田荣，赐其将印，

令其攻楚，大败楚军。

军至三万，声势大振。

汉王遣使，送去重金。

彭越附汉，作战梁地[12]，

截击楚粮，累次得利。

魏豹反汉，断绝河关[13]。

韩信奉命，过河平叛。

俘虏魏豹，擒获夏说，

一举灭魏，复破代国。

吸纳降卒，组军七万，

调往荥阳，自留七千。

项王欲和，割让荥西。

范增对曰：管窥之举，

灭汉在即，此乃天意。

项羽听信，加强围城，

停止攻齐，撤回楚兵。

陈平献计，离间范增。

项王使者，前往汉营，

粗茶粝食，少礼不恭。

亚父使者，前往汉营，

礼厚言甘，酒肉丰盛。

项王闻问，疑忌顿生，

夺其军师，辱其清名。

范增大失，忿怼项羽：

天下已定，愿归故里。

鼎鼎秦汉

项王应许，范增离去。
行至彭城，疽发而死。
羽知中计，捶胸痛啼，
狂攻荥阳，夜不停息。
荥阳将破，陈平献计：
使人扮王，冲杀东门，
汉王乘乱，西门遁去。
楚军夜攻，汉王逃离，
进入关中，据守宛城。

韩信受命，进攻赵国，
井陉隘道，百里险绝。
赵军守口，二十余万，
认定韩信，有来无还。
韩信施计，背水而战。
夹击强敌，泜水之岸。
斩杀陈馀，擒获赵歇，
诛卒数万，纳降数万。
广武君者，李左车也，
献策赵王，赵王弗用，
听信儒生，故失井陉。
韩信生得，虚己谦恭，
奉策北伐，醍醐灌顶：
"按甲息兵，立足赵境，
安抚遗孤，惠利百姓。
事不过岁，北向移兵，
不战屈人，大功亦成。"
韩信依计，果然岁余，

尽收赵土，五十余城。

遣使赴燕，燕人归从。

汉得英布，引兵成皋，

楚军围攻，汉王遁逃，

直下修武[14]，韩信营垒，

缴其印符，夺其军队。

命令张耳，守备赵地，

韩信组军，东征击齐。

田横复齐，为荣举葬，

拥立其子，田广为王。

汉遣郦生，巧言下齐。

韩信东征，闻讯乃止。

蒯通献计，宜当速击。

信以为是，引兵渡河。

袭齐历下，挺进临淄。

田广逃遁，追至高密。

项王闻报，急遣龙且，

点动兵马，二十万余，

昼夜兼进，援齐救齐。

齐楚会师，决战阵势，

中夹潍水，与汉对峙。

韩信传令，做囊壅水，

诱敌半渡，放水淹之。

龙且中计，战死沙场。

指挥元首，士卒皆降。

韩信乘胜，横扫山东，

一举而下，七十余城。

摇篮曲

平定齐国，稳定秩序，
享受和平，恢复经济。
韩信得兵，四十万余，
全面治军，声威洋溢。
龙且战死，项羽大惧，
遣使约盟，韩信怒叱。
信遣特使，言于汉王：
齐人多变，反复无常，
安定齐地，愿为假王。
汉王怒哮：痴心妄想。
不来佐我，反来讨王，
胯下小儿，居何心肠？
张良见状，足踢刘邦。
汉王立悟，詈骂愈狂：
身为大将，功高元上，
何以假为，诏命真王。
乃遣良往，立信齐王，
征其兵马，开赴战场。
蒯通说信，引史明今：
天下之初，忧在亡秦，
当此之时，楚汉不分。
彭城项羽，霸势已空，
今困京索，欲进不能。
沛县刘邦，出关而东，
拒楚巩洛，败北折兵。
天下大势，在君一人。
君若向楚，无疑楚胜；
君若向汉，汉业则成。

取吾之计，三分鼎立，
为民请命，谁敢不依？
今有楚在，君亦命在；
附汉一统，君将无命。
鸟尽弓藏，兔死狗烹。
历史之鉴，君当清醒。
当断不断，必遭其难，
当决不决，必食其祸。
信忖数日，回复蒯通：
夺吾齐王，度不可能，
信不背汉，君莫再言。
为全其身，蒯通遂隐。

彭越击楚，诛杀薛公。
项王大怒，领兵东征。
汉王乘机，复取成皋，
加固城防，足备粮草。
项王胜归，扎军广武[15]，
两军相峙，数月之久。
楚军叫战，汉军不应，
乃造高俎，上置太公。
项王亲呼，汉王视听，
今不出战，吾烹太公。
汉王见状，应答有声：
汝吾二人，约为弟兄，
吾之父翁，即汝父翁，
必欲烹之，请分杯羹。
羽曰无赖，作罢收兵。

彭越将兵，复战梁地，
绝楚粮道，断楚军需。
项王数击，苦于军旅，
乃谓汉王：代民请命，
与汝单挑，一决雌雄。
汉王笑谢，十罪项羽。
楚军伏射，汉王中矢。
扶入成皋，传言毙命。
汉王忍痛，巡视军营，
谣言自灭，军心乃定。
楚汉之争，久累百姓。
汉王遣使，与楚议和，
鸿沟[16]为界，签字盟约。
刘邦迎回，父母妻小。
神州上下，山呼海啸。

项羽解兵，拔寨东归。
从者说羽：刘邦性诡，
撕毁协约，度其敢为，
请王设防，以备不测。
项王叱曰，杞人多虑，
万目之下，岂可背义？
项羽已去，刘邦欲西。
张良陈平，劝上追击：
楚军粮尽，天欲亡羽，
因机而取，乃为天意。
刘邦对曰，天下非议。
良曰信义，空名而已，

若得天下，非议自息。

汉王曰善，乃追项羽。

军至阳夏，遣使持令，
韩信彭越，期会固陵[17]。

二人不会，楚军回击，

汉军大败，撤退百里。

诸不从命，为之奈何？

刘邦谓良，张良答曰：

陈县至海，给予韩信；

睢阳至谷，给予彭越。

汉王会意，遣使下诏。

周殷黥布，亦来助刘。

五路大军，汇合一处。

困羽垓下[18]，十面埋伏。

楚军断粮，饥疾相煎，

诛食战马，拒不降汉。

韩信用计，楚歌攻心。

夕阳西下，夜幕降临，

四面楚歌，声起汉军。

项王失色，慷慨亦歌。

拔山盖世，天要灭吾。

泪下如雨，虞姬唱和。

于是跨骓，从者八百，

杀开血路，突出重围。

汉兵五千，急起直追。

至达阴陵，陷入淖泽。

汉军追及，项羽复东。

自忖此战，难脱险境，

乃谓随骑，君皆逃生。
为尔溃围，往复三胜。
斩将两员，士卒百名。
单骑如飞，直至乌江。
乌江亭长，施礼谓王：
江东虽小，纵横千里，
众数十万，东山再起。
现有渡船，大王急去。
项羽还礼，仰天长啸，
非战之罪，是天灭吾。
江东子弟，随吾征战，
去时八千，今元一还，
而羽独归，何颜何面！
吾马良骓，不忍杀之，
馈赐于公，公善待之。
于是下马，杀入敌阵，
斩首数百，横剑自刎。
鲁公守义，礼葬项羽，
筑坟谷城，世代扫祭。
汉王回师，汜水之阳，
舆马风驰，韩信军帐，
收其军权，免其齐王。
甲午吉日，称帝即位。
国号为汉，定都洛阳。
项氏枝属，高祖未诛，
恩赐刘姓，嫡传封侯。

世说项羽，秉性鲜明，

生为人雄，死为鬼雄。
起兵草野，灭秦头功。
号称霸王，始而无终。
项羽必败，大业难成，
勇治天下，至死不醒。
逆流而施，大行分封。
项羽为人，世说纷纭，
小处信义，大处不仁，
探病部下，言语温温，
坑卒屠城，天下皆恨。
霸气无敌，项羽精神，
千年褒扬，世人皆尊。
世说刘邦，布衣皇帝。
贵贱宿命，一破无余。
誉满天下，谤满天下。
精彩人生，充满传奇。
贪色好酒，恶劳好逸。
撕毁协议，屡失信义。
但赢天下，公知用人。
谋臣武将，不问出身。
纳谏从流，立地改进。
历史主调，千年评论：
大行之人，不顾细谨。
失之小义，守之大仁。
品之污点，皆为皮相，
胸藏江山，怀抱四方。

[注释]

◇————————

[1] 陈仓：今陕西省宝鸡市东。

[2] 三秦：项羽破秦，封降将章邯为雍王，辖咸阳以西之秦地；封降将司马欣为
　　塞王，辖咸阳以东至黄河之秦地；封降将董翳为翟王，辖上郡。史称三分秦
　　地，亦称三秦。

[3] 自诛王命：诛，指项王害死韩王成和谋杀义帝两事。二人为项王所封，不久
　　又为项王所废。

[4] 山东：指崤山以东。

[5] 赵歇陈余：赵歇原为赵王，后项羽封其为代王，辖代地；项羽封陈余为侯，
　　辖三县。

[6] 张耳：原为赵相，后项羽封其为常山王，辖赵地。

[7] 殷：指殷王司马卬，辖河内，都朝歌。

[8] 五十六万：汉王本部及五路诸侯（常山王张耳、河南王申阳、韩王郑昌、魏
　　王豹、殷王卬）计兵五十六万。

[9] 下邑：今安徽砀山。

[10] 昌邑：今山东省金乡县。

[11] 泽：指巨野泽。今山东菏泽境内。

[12] 梁地：今河南开封一带。

[13] 河关：指黄河西岸临晋关的重要交通关口。

[14] 修武：今河南省焦作市。

[15] 广武：今河南荥阳一带。

[16] 鸿沟：沟通黄河和淮河的人工运河。

[17] 固陵：今河南淮阳北。

[18] 垓下：今安徽灵璧东南。

（四二）无为治弱

秦末战乱，持续八年。
满目疮痍，剩水残山。
刘邦称帝，旨在宽政，
无为而治，叩响苍生。
律法九章，简约易行；
分享田宅，削减士兵；
轻徭薄税，利向百姓；
兴建"书馆"，编修《新语》，
稳定社会，初显太平。
开国功臣，不听约唤，
王侯之中，十人反汉，
相继剪除，钢铁手腕。
楚王韩信，功高震主，
借游云梦，将其擒囚。
萧何用计，吕后出手，
罪其反叛，夷灭三族。
楚汉争锋，放松匈奴，
夺取河套，屡犯边境。
韩王信者，封地颍川，
投靠匈奴，相约击汉。
直进雁门，攻克太原。
高祖亲兵，连复四城，
乘胜追击，直指白登[1]。
单于设伏，高祖误入，
深陷重围，危同朝露。

陈平用计，重贿阏氏[2]，
网开一面，高祖脱险。
折兵损将，二十余万。
高祖败归，韬光养晦，
和亲外交，包羞忍恨。
刘邦晚年，衣锦还乡，
恣意畅饮，无限风光。
高唱大风，胸藏悲壮。
刘邦封后，结发吕雉。
心狠手辣，为人刚毅。
高祖病驾，刘盈登基，
性格柔弱，是为惠帝。
吕后揽权，密诛异己；
收拢亲信，大封诸吕，
贻害朝堂，斑斑劣迹。
吕后病死，势出转机，
一干老臣，荡涤诸吕。
拥立刘恒，是为文帝。
文帝理政，坚持养息。
削减田租，减省徭役，
抚恤年长，孤苦残疾。
废除谤罪，取缔肉刑，
施以恩德，教化民众。
二十三年，宫室所用，
一无所加，节俭成风。
史记所载，千秋史评，
文帝时期，德政鼎盛。
文帝驾薨，景帝当政，

仍奉养息，和亲不征。

汉朝兴起，至此景帝，

七十余年，江山图治，

财雄天下，民生安义。

[注释]

[1] 白登：即白登山。今山西大同东北。

[2] 阏氏：匈奴单于冒顿的王后。

（四三）铁血汉武

汉武刘彻，资高智广，

十六登基，志创辉煌。

罢黜百家，独尊儒术，

规范道德，三纲五常。

唯才是举，招贤纳良，

贫民奴仆，可为将相。

切合时弊，更化鼎新。

盐铁官营，下令推恩[1]。

振兵扬武，取代和亲。

誓雪旧耻，白登之困。

元光五年，砺剑试锋，

对匈用兵，捣毁龙城。

此后十年，与匈三战。

首战陇西，续战漠南，

再战漠北，逼敌西迁。

收复河套，夺取河西，
筑城设郡，屯田戍边。
长城内外，蓄积布野，
烽烟不起，天湛云闲。
太初元年，远征大宛，
大宛归降，良马供选。
打通西域，设置都护，
册封诸国，颁赐印鉴。
丝绸之路，南北两道，
西至罗马，东起长安。
贸易连接，三十六国，
福祉中外，万古不磨。
元鼎六年，平定南越，
兵不厌战，拓土西南。
元封三年，兼并朝鲜。
国家一统，恢复郡县。
大汉恢恢，百国之最，
北起漠北，南及越南，
西逾葱岭，东括朝鲜。
四夷朝贡，毕除外患。
汉武晚年，轮台罪己。
严刑重敛，方士之弊。
自检其身，挥泪如雨。
明君之姿，史元此举。
汉武光光，功业煌煌，
躬秉武节，永世其芳。

[1] 推恩：刘邦称帝后，分封许多刘姓诸侯王，以拱卫王室。至景帝时，这些诸侯王的势力极端膨胀，一度发生"七王之乱"，成为朝廷极大隐患。为削弱其势力，汉武帝采纳主父偃的建议，令诸侯们在所属封地内继续分封，使嫡长子以外的其他子弟也能享受王侯待遇。这样层层分封，化整为零，不动干戈，轻而易举地便可解决王侯之患，又彰显了大汉皇帝的仁慈。颁布这项旨意的诏书，即推恩令。

（四四）王莽篡汉

汉兴之初，奉行休息。

高惠文景，四代相继。

重用贤臣，天下富足。

一代明君，汉武大帝，

文治武功，超前立极。

汉武晚年，国力疲敝，

滥施苛法，轮台罪己。

至于昭宣，尚饬治吏，

亦矜民苦，朝野安义。

外戚专权，始于元帝。

元成哀平，四帝相续。

成帝之时，太后干政，

昆弟八人，位高权重。

王凤尤甚，一系之尊。

霸揽皇权，政出一人。

莽群兄弟，乘时侈靡。

独莽谦恭，博学勤身。

爵位愈高，益加谨慎。

高世之行，望重朝臣。

贤达异才，慕名投奔。

臣民上书，请加封号，

王莽拒受，仰之弥高。

平帝时年，一十四岁，

性直敢言，目觉敏锐，

背诽王莽，泄露消息。

王莽借酒，毒杀平帝。

迎立刘婴，宣示摄政。

居摄三年，假传遗命[1]，

即位天子，受领大统。

立国新朝，推行新政。

其时西汉，国事日非，

地主庄园，纷纷茁起，

凌逼农民，失守土地，

伦为佃户，家丁奴婢。

王莽初心，为民请命，

削弱豪富，以周众生。

令颁天下，田归国有。

缩减差别，分甘共苦。

男不盈八，户为基础，

限田一井[2]，余则均出。

赤贫之户，一夫一妇，

亦有定规，授田百亩。

赊贷立法，收归政府，

百姓急需，利息免收。

奴仆侍婢，改名私属，

禁止虐杀，买卖必究。

地主权贵，连章列署，

合力抵制，荆棘塞途。

改制无果，乱不可收。

王莽新法，多不成熟，

涉面广泛，弊陋丛出。

四改币制，反乱经济。

数变区划，屡动官制，

买官卖官，蔚成风气。

挖空国基，腐化国体。

社会矛盾，愈酿愈剧。

饥民造反，势在必举。

[注释]

[1] 假传遗命：王莽摄政时，梓潼人哀章制作铜匮，内藏"天地行玺金匮图"及"策书"，言高祖遗命令王莽称帝。于是王莽及一干大臣到高帝祠庙接受铜匮，即天子位，定国号新。

[2] 一井：西汉时一井为九百亩。

（四五）光武中兴

王莽篡汉，变法改制。

加剧矛盾，饥民聚势。

琅邪樊崇，赤眉首领，

揭竿泰山，纪律严明。

作战两江[1]，兵勇将猛。

成昌一役，四远知名。

王匡王凤，绿林首领，

作战湖北，屡败官兵。

汉室刘玄，供职军中，

身份名贵，德薄望轻。

刘缤刘秀，景帝世胄，

动员族人，起兵舂陵[2]。

连接王匡，道同合兵。

兵车之会，师心自用。

为求统一，推举首领。

刘玄得立，复汉称帝。

王莽闻讯，意扰惶惶。

整军镇反，战于昆阳[3]，

全军覆没，元气毕伤。

刘玄麾旋，西破武关，

继占洛阳，再下长安，

诛杀王莽，新朝告亡。

刘缤刘秀，双虎之功，

义军内外，显姓扬名。

刘玄借端，判杀刘缤。

刘秀使计，未与其难。

安抚河北，戴罪受命。

困虎入山，疲龙腾空。

河内既定，纳贤铸兵。

充实军备，北伐南征。

使人造符，借助天命。

复汉称帝，明志中兴。

年号光武，临都平定。

刘玄君臣，迁都长安。

关中百姓，率土相庆。

乃知绿林，强盗行径。

刘玄放任，力屈道穷。

百姓心死，忍恨吞声。

樊崇拥军，西进破关。

再下长安，诛杀刘玄。

洛阳朱鲔，是为太守。

乘时献城，投诚光武。

光武迁洛，勒兵宜阳。

关中大饥，赤眉断粮，

全军上下，心劳意攘，

放弃长安，回归两江。

光武截击，赤眉尽降。

剩勇再厉，彻始彻终，

扫清余寇，天下大定。

光武中兴，扶绥百姓，

轻徭薄赋，国势日盛。

[注释]

◇────────────

［1］两江：指安徽、江苏。古时候称安徽为上江，称江苏为下江。

［2］春陵：今湖北省枣阳市。

［3］昆阳：今河南省叶县。

（四六）东汉裂变

东汉中期，　渐入裂变。
社会向衰，　民生维艰。
和帝之后，　连续八帝，
幼小继位，　权落外戚。
外戚专权，　跋扈无理，
威行内外，　政荒民弊。
永初元年，　突发羌乱。
羌族祖居，　中亚高原，
东汉之初，　内迁陕甘，
与汉杂居，　农牧相兼。
羌乱始因，　征发兵役，
虎豹狼虫，　持械凌逼。
行至酒泉，　相率逃散。
汉军邀截，　羌人造反，
干戈镇压，　血流成川。
而今而后，　多次反叛，
联合汉人，　并肩抗汉，
前后长达，　六十余年。
劫后余生，　流离辗转，
跋山涉水，　安户北川。
东汉后期，　矛盾加剧，
桓帝用宦，　击败外戚。
宦官弄权，　登峰造极，
陷害忠良，　排除异己，
鱼肉百姓，　雪压霜欺。

太学反宦，盛行清议，
官僚声援，风云骤起。
延熹九年，宦官反击，
党锢之祸，累累史迹。
吏治日下，贪腐贱义，
卖官买官，上至灵帝，
官虐民怨，亡国气息。
张角一呼，八州[1]举旗。
角籍巨鹿，太平道主，
治病传教，发展教徒。
十余年间，众数十万，
甲子三月，起兵造反，
头裹黄巾，破取郡县。
京师雷震，整军平叛。
外戚何进，受大将军，
兵出两路，河北颍川，
黄巾惨败，悉数就歼。
灵帝病亡，少帝继立，
宦官凭势，打击外戚。
何进灭宦，召引董卓，
事机泄露，杀身自祸。
袁绍带兵，攻入朝阁，
杀宦两千，尸堆成垛。
陇西董卓，并州为官，
昭宁元年，废少立献[2]，
胁逼献帝，西迁长安，
专断朝政，暴虐横敛。
曹操袁绍，讨逆除恶，

鼎鼎秦汉

王允吕布，计杀董卓。

操迎献帝，迁都许昌，

东汉政权，名存实亡。

[注释]

[1]八州：即青、徐、幽、冀、荆、扬、兖、豫八州。

[2]废少立献：即废汉少帝辩，让汉献帝协即位。

（四七）两汉文字

刘邦开汉，沿袭秦制。

公文秦书，官定隶体。

汉隶讨源，出自秦隶，

秦汉聚力，完成隶变。

近代出土，大量汉简，

真实墨迹，明眸可鉴。

西汉之初，不乏篆意，

及至中期，波挑有律，

体势趋方，自然工丽。

西汉晚期，横平竖直，

多元多彩，技法各异，

南风内美，北风俊逸。

进入东汉，隶书盛极，

法度严谨，左规右矩。

东汉社会，倡行名节，

纪功嘉贤，碑碣盛起。

众多官吏，为标青史，

修路造桥，治水复堤。

一境士民，大唱颂辞，

树碑立传，摩崖志事。

名儒撰文，名家书丹，

高峰处事，粲然可观。

隶之演变，派生新体。

西汉杜度，名动当世。

创新章草，急就率意。

东汉张芝，创新今草，

挣脱章草，独立成体。

楷书书体，追溯秦隶，

秦时生发，汉末结实，

魏晋承续，大唐盛极。

行由楷出，始于东汉，

刘德升创，史书有记。

殷商至汉，五体咸备，

中华文字，定格五体。

五体演化，共存共生，

书派流徙，变化纷呈，

五体不变，直至今日。

（四八）北方匈奴

中华大地，汉人为主。

蛮夷戎狄，向称异族。

与汉杂居，与汉同古。

山陕直隶，百有余戎，

分散溪谷，游牧为生。
尧称獯粥，周称猃狁，
秦称戎翟，汉称匈奴。
汉匈相争，溯及上古，
史载黄帝，北伐獯粥。
西周武王，北向用兵，
逐敌泾洛，大获全胜。
周宣五年，北伐猃狁，
《兮甲盘》铭，千古遗存。
小雅《六月》，即题其事，
颂德歌功，劲色照人。
秦侯缪公，西霸戎翟，
"开国十二，辟地千里"。
秦皇嬴政，遣将蒙恬，
收复河套，置郡九原，
敌遁大漠，莫敢南犯。
秦朝末年，中原战乱，
匈奴乘机，占领河南。
刘邦称帝，韩王反叛，
相约匈奴，攻占太原。
高祖亲征，白登遇险，
败归养晦，七十余年。
汉武雪耻，与匈三战：
首胜陇西，再胜漠南，
三胜漠北，逼敌远迁。
宣帝之时，匈奴附汉，
北方太平，七十有年。
光武之时，匈奴裂变。

南部匈奴，归服东汉，
屯居朔方，云中五原。
北部匈奴，留居漠北。
和帝兴兵，逼其西迁，
部分入欧，部分降汉。

三·两晋·南北朝

（四九）曹操破袁

汉末世局，皇权崩离，

天下大乱，群雄竞起。

汝南[1]袁绍，四世三公。

傲贤慢士，自见不明，

割据四州，冀清幽并，

兵众将广，势压群雄。

曹操祖居，沛国谯县[2]，

智周万物，沉机善变。

兵伐黄巾，占领兖州，

再胜陶谦，继胜吕布。

迎请献帝，迁往许都，

借名天子，号令诸侯。

曹操重才，文武兼收，

柱石之臣，林立左右。

兵精将勇，训练有素。

曹操崛起，袁绍心忧，

整军十万，直逼官渡[3]。

官渡要地，许昌门户，

曹军三万，凭坚固守。

袁兵数攻，曹军不应。

许攸献计，偷袭许都，

曹操兵寡，难以两顾，

必将完败，此乃天助。

袁绍不纳，许攸夜走。

献计曹操，偷袭乌巢。

曹操大喜，亲率轻骑，
直抵乌巢，火光四起。
袁军粮草，军械军需，
顷刻之间，烟灭灰飞。
袁绍大怒，夜袭曹营。
曹军有备，夹击猛攻。
袁绍惨败，数万丧生，
抱首北逃，忧愤殒命。
曹操乘胜，向北用兵，
占领四州，北方大定。

[注释]

[1] 汝南：今河南商水西北。

[2] 沛国谯县：今安徽亳州。

[3] 官渡：今河南省中牟县。

（五〇）刘备三顾

涿县刘备，汉室宗亲，
贩鞋织席，幼年家贫。
千古之誉，桃园结义，
关羽张飞，左膀右臂。
刘备初出，投奔曹操，
操识英雄，倍加尊重。
献帝惧曹，权重震君，
密旨诛锄，刘备应允。

曹令刘备，截击袁术，

刘备趁机，夺取徐州。

翌年之春，密谋败露，

曹率大军，进攻徐州。

刘备不敌，仓皇败走，

投奔袁绍，复靠刘表。

寻求谋士，先请徐庶，

庶举大贤，诸葛孔明。

琅邪郡人，蛰居隆中，

卧龙岗前，结庐躬耕。

身长八尺，冠玉之容。

自比古贤，乐毅管仲。

经世奇才，人称卧龙。

刘备三顾，凛凛朔风。

隆中答对，温情融融。

官渡之战，曹操胜袁。

挟持天子，拥兵百万。

江东孙权，六郡国主，

已历三世，地险民附。

曹孙二者，实力雄厚，

以君之力，皆不可图。

荆州七郡[1]，必争之土，

北据汉沔，利尽南海，

东连吴会，西通巴蜀。

刘表病危，其后难守。

天资将军，势在必图。

益州险塞，人称天府，

沃野千里，民殷国富。

刘璋昏弱，皆盼明主。

若占荆益，保其岩阻，

内修政理，外结孙吴，

天下有变，兵分两路：

荆州之兵，进占中原，

益州之众，夺取西川，

霸业可成，汉室可兴。

刘备听罢，心悦诚服，

请为军师，出山相助。

先生尔时，富年三九。

[注释]

[1] 荆州七郡：指南阳郡、南郡、江夏郡、长沙郡、武陵郡、零陵郡、桂阳郡。

（五一）周郎赤壁

吴郡孙坚，出身名门，

袁术帐下，破虏将军，

征伐刘表，中箭丧身。

长子孙策，纵横江东，

挚友周瑜，率部响应，

攻占六郡，百废待兴。

孙郎游猎，快马江边，

吴郡旧敌，突发冷箭，

不幸身亡，英雄命短。

其弟孙权，志学之年，

承兄继业，用贤敢断。

曹操统军，进攻荆州，

州牧刘琮，不战而降。

曹军乘势，再破襄阳。

其时刘备，扎兵樊城[1]，

无力拒曹，退去江陵。

孔明怀任，前往柴桑，

面见孙权，联手抗强。

周瑜主帅，合兵五万，

进驻赤壁，长江南岸。

江北曹军，疲惫不堪，

水土不服，疾疫蔓延，

不习水战，弃长取短。

谋士进计，铁环连船，

如履平地，犹同陆战。

曹操大喜，立令照办。

周瑜筹谋，用计火攻，

愁无良策，难近敌营。

老将黄盖，自告奋勇，

诈降入曹，暗藏火种。

东南风起，火攻曹营，

联军并进，大败敌兵。

曹操北归，损伤惨重。

重整军马，西向用兵，

完胜马超，平定关中。

赤壁战后，荆州三分：

操占南阳，襄阳二郡。

孙得江夏，以及南郡。

南郡之重，荆州核心。

刘备所得，荆南四郡[2]，

荒凉人稀，瘴雨蛮云。

后将江夏，划与刘备，

备弃江夏，借土南郡。

翌年兴师，西取益州。

三分天下，势成鼎足。

[注释]

◇────────────

[1] 樊城：今湖北襄阳。

[2] 荆南四郡：指长沙、武陵、零陵、桂阳四郡。

（五二）孙刘之争

汉中刘璋，引备入蜀，

刘备借端，夺取益州。

关羽受命，进攻襄樊，

水淹七军，震惊中原。

孙权乘时，欲夺荆州，

用将吕蒙，身无重名。

关羽轻敌，失守江陵，

退军途中，死于伏兵。

魏王曹操，病逝洛阳，

全国举哀，无不悲伤。

子丕称帝，东汉告终。

刘备闻讯，失国之痛，

成都称帝，承继汉统。

为羽报仇，遣将调兵，

七十五万，风起云蒸。

张飞部将，杀飞降吴，

扪心交切，旧恨新仇。

鼓噪急进，破取猇亭[1]，

水军上陆，沿江扎营。

孙权纳言，换将陆逊，

五万兵马，抵御蜀军。

蜀军挑战，陆逊不应，

夜阑风怒，火烧连营。

蜀军溃乱，几无脱命。

先帝突围，羞忿成病，

白帝托孤，永安[2]驾崩。

子禅即位，诸葛辅政，

东和东吴，南定南中[3]，

六次伐魏，累死军营。

[注释]

[1] 猇亭：今湖北宜都北。

[2] 永安：今奉节。

[3] 南中：时称云南、贵州和四川西南部为南中。

（五三）三国归晋

吴王孙权，称帝建国，
拓充夷州[1]，开土山越。
明帝曹叡，病入膏肓，
嘱托重臣，辅佑曹芳。
曹芳即位，崇信曹爽。
司马懿者，明帝大将，
功劳汗马，威望庙堂。
爽欲打压，专擅朝纲。
懿谋深算，乘机杀爽，
夺回军权，接任丞相。
司马懿死，子师袭相，
震风陵雨，跋扈飞扬，
威逼太后，废除曹芳，
另立曹髦，运之掌上。
司马师死，弟昭袭相，
手下弑君，凿土而葬。
曹奂即位，黄口小郎，
听命于昭，诚恐诚惶。
昭率大军，三路攻蜀。
后主刘禅，捧玺出降。
昭灭蜀汉，欲攻东吴，
身染重疾，一命呜呼。
子炎废奂，代魏称帝，
建立晋朝，都城洛邑。
咸宁六年，灭吴统一。

[注释]

[1] 夷州：今台湾。

（五四）西晋速亡

晋武代魏，安抚流亡。

减赋轻徭，人口飞增。

大封宗室，为防政变，

事与愿违，养痈致患。

武帝驾崩，惠帝嗣权，

八王之乱[1]，一十六年，

经济破损，政治瘫痪，

民不聊生，聚众造反。

氐人李特，攻占广汉。

其子李雄，擐甲执兵，

破取成都，立国大成。

匈奴刘渊，起兵反叛，

称帝平阳[2]，国号为汉。

子聪继位，进攻长安，

长安将破，愍帝降汉。

西晋告亡，堪称命短，

共历四帝，五十二年。

[注释]

[1] 八王之乱：西晋皇族争夺政权的斗争。晋武帝死后，惠帝妻贾后与辅政的外

戚杨骏争权。元康元年，贾后杀骏，以汝南王亮辅政，复使楚王玮杀亮，旋又杀玮。永康元年，赵王伦起兵杀贾后。后又废惠帝自立。齐王冏、成都王颖联兵讨伦杀伦。惠帝复位，冏专权辅政。接着长沙王乂攻杀冏，河间王颙又与成都王颖攻杀乂，颖专断朝政。东海王越奉惠帝攻颖失败，颙乘机进占洛阳。幽州刺史王浚与并州刺史司马腾打败颖，颙独占朝政，越再起兵攻颙，颙战败，与颖相继被杀。光熙元年，越毒死惠帝，另立怀帝，掌握大权。八王之乱前后十六年。

[2] 平阳：今山西临汾。

（五五）五胡争土

西晋沦亡，北方丧乱。

雄侄李寿，大成改汉，

定都成都，史称成汉。

刘氏之汉，改国为赵，

史称前赵，迁都长安。

新兴四国，赵凉秦燕。

羯人石勒，刘渊部将，

分道扬镳，纵横东方。

石勒干裹，立国称王，

国号亦赵，史称后赵，

攻灭前赵，统一北方。

石勒治国，任用贤良，

效仿西汉，鼓励开荒，

民族和好，创办学堂，

开明政治，兴盛景象。

帝勒驾崩，后继不贤，

生杀予夺，宅乱家翻。
武将冉闵，趁机反叛，
大诛羯人，二十余万，
改朝为魏，史称冉魏。
冉魏存国，两年有余，
乱马交刀，亡于前燕。

鲜卑先祖，上溯轩辕，
受封北国，广漠草原。
及至秦汉，划部为三。
中部慕容，迁据辽西。
慕容氏庞，首先崛起。
依附西晋，发展势力。
并吞辽东，乘机入冀。
再徙青山，复徙大棘。
重用汉人，建立割据。
慕容廆卒，其子名皝，
迁都龙城[1]，自称燕王。
慕容皝卒，子儁为王，
征灭冉魏，疆域四张。
迁都至邺，改王称皇。
慕容之燕，史称前燕，
雄立北方，强军备战。
慕容儁卒，子炜称帝，
年少无知，辅臣弄势。
儁弟名垂，册封吴王，
国之干城，方正贤良。
东晋桓温，北伐前燕，

垂于枋头，破敌凯旋。

辅臣名评，罗织构陷。

垂为保身，投奔前秦。

前燕骤衰，国事日败。

氐人苻洪，部族首领，

祖居临渭[2]，才望兼隆。

先附后赵，后附东晋，

督军冀州，不幸丧生。

子健嗣职，东晋称臣，

青云万里，志怀离心。

后赵新亡，混乱纷呈，

苻健乘机，占领关中。

立国前秦，定都长安，

翌年称帝，端本清源。

苻健离世，传位侄坚，

重用王猛，汉人精英。

提倡儒学，整饬军政，

兴修水利，鼓励农耕，

人心向一，国势日盛。

大张征伐，风起云涌。

仇池[3]前燕，代国[4]前凉，

四国俱灭，一统北方。

进军西域，展土开疆。

西并龟兹，东极沧海，

北至大漠，南包襄阳。

王猛病危，口嘱苻坚：

东晋王朝，远在江南，

内部和睦，不可兴战。

鲜卑及羌，终归后患，

当先铲除，以保国安，

苻坚然诺，王猛升天。

[注释]

[1]龙城：今朝阳县。

[2]临渭：今甘肃秦安东南。

[3]仇池：国名，为氐人清水氏所建。未列入十六国。

[4]代国：国名，拓跋氏所建，为北魏前身。未列入十六国。

（五六）东晋北伐

司马家族，琅邪王睿，

懿之曾孙，镇守下邳[1]。

愍帝降汉，传至江南，

睿于建康，称帝即位，

改元大兴，史称东晋。

王导辅佐，皇位渐稳。

其时北方，黄河流域，

匈奴氐羌，羯与鲜卑，

五胡争土，腥风血雨。

豫州刺史，范阳[2]祖逖，

请命北伐，收复失地，

率部渡江，中流击楫。

数破石勒，声威大震，

河南广土，回归东晋。
祖逖备战，秣马厉兵，
积谷屯粮，蓄势待发。
元帝志短，偏安江南。
祖逖抱负，难能实现，
终日叹息，郁郁寡欢，
忧愤成疾，撒手人寰。
之后穆帝，任用桓温，
灭亡成汉，再伐前秦。
兵出江陵，直指关中。
苻坚迎战，战于蓝田。
秦军大败，退守长安。
晋军断粮，迫使折返。
此后桓温，北上伐羌，
讨定姚襄，收复洛阳。
建议穆帝，迁都北上，
完成光复，创造辉煌。
帝求苟安，不思北还。
桓温无奈，撒军江南。
官至宰相，独揽大权。
太和四年，北伐前燕，
直抵枋头，气压河山。
未料燕军，抢占石门，
锁断粮道，桓温撤军。
燕军拦截，声威大震。
晋军狂逃，伤亡殆尽。
桓温南归，带兵入朝，
宫廷发难，幸有谢安。

陈郡[3]谢安，经世才干，
东山隐居，中年做官。
其侄谢玄，广陵守边，
招兵买马，整军备战。
前秦苻坚，兵出长安，
九十七万，直扑江南。
传至建康，君臣破胆。
何去何从，皆望谢安。
谢安令玄，将兵八万，
迎敌前哨，夜袭洛涧[4]。
敌军溃崩，败如倒山。
晋军跟进，八公山前，
中隔淝水，对峙两岸。
要求秦军，略向后移，
以便渡河，两军决战。
秦将反对，疑云盈天。
苻坚对曰，相机观变，
出动铁骑，半渡而击，
敌军必乱，定遭全歼。
苻坚挥军，传令后移，
秦军误败，仓皇退遁。
形同河决，回天无力。
宋军抢渡，擂鼓冲击，
呐喊入云，腾腾杀气，
横扫强敌，势如卷席。
苻坚奔命，逃回关中，
怀念王猛，泪如雨倾。
羌人姚苌，趁机反叛，

率部独立，擒杀苻坚。

长安称帝，史称后秦。

淝水战后，前秦四分：

后凉后燕[5]，后秦西秦[6]。

后凉再分，南北西凉[7]，

后燕再分，南燕北燕[8]；

后秦匈奴，赫连勃勃，

率部独立，分出夏国[9]。

以上十国，相互攻战，

民生凋敝，苦不堪言。

直至北魏，统一北方，

结束乱局，安堵如常。

谢安病故，晋室争权，

安帝虐政，激发民反。

桓玄破都，代晋立楚。

北府刘裕，扯旗起兵，

声讨桓玄，玄死江陵。

刘裕废帝，立国刘宋。

[注释]

[1] 下邳：今江苏睢宁西北。

[2] 范阳：今属河北。

[3] 陈郡：今河南太康。

[4] 洛涧：即洛河。今安徽淮南东。

[5] 后凉后燕：后凉为氐人吕光于公元386年建立，公元403年亡于后秦。后燕为
鲜卑人慕容垂于公元384年建立，公元407年亡于北燕。

[6] 西秦：为鲜卑人乞伏国仁于公元385年建立，公元431年亡于夏。

[7] 南北西凉：南凉为鲜卑人秃发乌孤于公元397年建立，公元414年亡于西秦；北凉为汉段业于公元397年建立，公元439年亡于北魏；西凉为汉人李暠于公元400年建立，公元421年亡于北凉。

[8] 南燕北燕：南燕为鲜卑慕容德于公元398年建立，公元410年亡于东晋；北燕为汉人冯跋于公元407年建立，公元436年亡于北魏。

[9] 夏国：公元431年亡于吐谷浑。

（五七）魏统北方

东晋亡国，北方正乱，

五国[1]割据，海沸河翻。

西部鲜卑，拓跋为氏，

移居盛乐[2]，牧为生计。

西晋末年，入居代郡，

建立代国，亡于前秦，

败归阴山，复回盛乐。

淝水战后，连天烽火，

拓跋氏珪，起兵复国，

称帝平城[3]，魏为国号，

史称北魏，民贫国弱。

魏道武帝，谋定大略，

跋识人才，与汉融合。

魏明元帝，渡河开疆，

进攻刘宋，占领洛阳。

魏太武帝，国势复强，

自将伐夏，北燕北凉，

一十四年，统一北方。

魏孝文帝，拓跋元宏，

五岁即位，太后[4]当政。

推行改革，颁布"三制"[5]，

实行授田，推广农耕，

官员待遇，一律薪俸。

太后西驾，孝文亲政。

胡人汉化，砥身砺行。

学用汉语，改穿汉服，

废除胡姓，改用汉姓，

与汉通婚，血缘相通。

迁都洛阳，欲展宏图，

英年早逝，壮志未酬。

魏孝文帝，德巨功崇，

青史万世，竹帛垂名。

孝文之后，历经六帝，

贫富拉大，矛盾加剧。

边疆镇将，贫不择妻，

名门大族，纸醉金迷，

民生凋敝，号寒啼饥。

北部六镇[6]，军人起义，

四区响应[7]，顺风扯旗。

孝武三年，魏分东西。

东魏都邺，西魏长安，

领土分割，洛阳划线。

东魏孝静，名为皇帝，

朝政大权，旁落高欢。

高欢死后，子洋代魏，

改国为齐，是为文宣。

之后五帝，朝政大乱。

国用不足，横征暴敛。

郡县守令，买官卖官。

将亡之势，显而易见。

西魏文帝，亦为虚名，

宇文氏泰，独掌军政。

均田重农，创建府兵，

社会趋稳，死于疾病。

传位子觉，改国北周。

衍至武帝，克己励精，

断事果决，用法严整，

平并北齐，俘获齐主。

武帝辞世，宣帝主政，

在位一年，荒淫无度。

静帝即位，稚嫩年幼，

杨坚篡位，兴隋代周。

[注释]

[1] 五国：指西秦、北凉、西凉、夏、北燕。

[2] 盛乐：今内蒙古和林格尔北。

[3] 平城：今山西大同。

[4] 太后：即冯太后，北魏文成帝皇后。

[5] 三制：即俸禄制、均田制、三长制。

[6] 六镇：指沃野、怀朔、武川、抚冥、柔玄、怀荒等六镇。前五镇今属内蒙古
自治区，怀荒今在河北省张家口市北。

[7] 四区：指冀、鲁、陕、甘四地。

（五八）建康四朝

寄奴刘裕[1]，祖居彭城，
　后迁京口，幼年贫穷。
种地捕鱼，贩履营生。
知机识变，胸中之颖。
后为东晋，北府将领。
义熙年间，击败桓玄，
收复巴蜀，平灭南燕，
吞并后秦，再克潼关。
不世之功，受封宋王。
元熙二年，称帝建康，
国号为宋，东晋乃亡。
刘裕当政，加强集权，
赦免奴客，颁行土断[2]，
轻徭薄敛，裁减郡县，
口碑在民，时和岁稔。
刘裕在位，三年而薨。
魏明元帝，乘丧伐宋，
取宋四州：司豫兖青。
刘宋文帝，经营累年，
雪仇伐魏，元功而返。
淑妃潘氏，窃幸乘宠，
目无皇后，皇后轻生。
太子刘劭，弑帝自立。
刘骏起兵，刘劭被诛。
刘骏称帝，是为孝武。

孝武无道，心辣手毒，
武帝子孙，多被刀俎。
之后五帝，淫荡荒酒，
三帝被杀，乱局难收。
萧姓道成，禁军将领，
起兵政变，篡夺刘宋。
改国为齐，四年而崩。
齐武即位，较为开明。
之后五帝，自相杀戮。
末代和帝，禅位萧衍。
萧衍代齐，改国为梁，
是为武帝，典庆举觞。
东魏大将，侯景投梁，
武帝大喜，重加封赏。
侯怀异图，引兵渡江，
围困台城，攻克建康，
饿死梁武，另立萧纲。
诸侯大乱，各据一方，
相互吞并，虎狼万状。
陈姓霸先，世居吴兴，
起兵韶关，讨灭侯景，
受封陈王，独揽朝政。
敬帝方智，神分难定，
禅位霸先，安身保命。
霸先代梁，改国为陈。
之后四帝，误国虐民。
杨坚乘机，兴兵攻陈，
如破投卵，直驱建康，

招降纳叛，陈朝告亡。
西晋后期，至隋灭陈，
三百年间，五裂四分，
八方废墟，满目疮痍。
隋并南北，普天同喜。
国脉民命，莫过统一。

[注释]

[1] 寄奴：刘裕小字。

[2] 土断：严禁世家大族隐匿户口和田地。

煌煌隋唐

（五九）杨坚兴隋

弘农[1]杨氏，杨坚先祖。

汉魏至隋，门阀世族。

坚父杨忠，效力北周，

功勋卓著，封隋国公。

坚袭爵位，至大司空，

灭齐之战，建立头功，

进封柱国，出任亳州。

静帝即位，八岁孩童，

诏回杨坚，入朝辅政。

停建宫殿，怀柔百姓，

收买老臣，培植亲信，

剪除异己，代周兴隋。

杨坚称帝，疏远小人，

任用贤能，大行革新。

隋朝官制，借鉴秦汉，

五省六部[2]，下置州县，

九品之上，吏部任免。

影响后世，一千余年。

废除苛律，刑分五等[3]，

核对户籍，定簿税征。

魏晋之后，战乱频仍，

币制混乱，度量失衡，

令造五铢，国之通用，

铜斗铁尺，应运而生。

改革兵制，兵归于农，

兵民合一，至唐沿用。
辟地凿渠，名曰广通，
东至潼关，西起大兴，
引水渭河，三百里程，
便运便溉，造福百姓。
讨伐突厥，修复长城，
东突南附，边地安定。
多年养息，仓满囤流，
国富民足，空前绝后。
文帝晚年，佛道复兴，
迷信鬼神，小人得宠，
好谀恶直，疏远贤能。
文帝性疑，喜怒无常，
开国功臣，多无下场。
独孤皇后，一人得宠，
五位皇子，皆为所生。
帝畏皇后，唯命是从。
太子杨勇，败德辱行。
次子杨广，狡而不正，
利用机谋，讨好母后，
赢位太子，原形毕露。
文帝病重，杨广入宫，
非礼陈氏，文帝大怒，
命臣写诏，废广立勇。
消息泄露，杨广围宫，
委派心腹，弑父杀兄。
即位称帝，问鼎朝政。

煌煌隋唐

[注释]

◇————————◇

[1] 弘农：今属陕西。

[2] 五省六部：五省为内侍省、秘书省、门下省、内史省、尚书省。内侍省为宦官机构，主管皇宫内事；秘书省主管国家图书、历法；门下省和内史省主管参政议政，协助皇帝决策大事，并负责审查诏书，签署、处理奏章；尚书省主管日常政务。六部为吏部、礼部、兵部、民部、刑部、工部。吏部主管全国官吏的任免、考查、升降、调动等；礼部主管祭祀、礼仪及接待四方宾客；兵部主管全国武官选用和兵籍、军械、军令等；民部（唐代称户部）主管全国土地、户籍、赋税、财政收支等；刑部主管法律、刑狱等；工部主管各项工程、工匠、屯田、水利、交通等政令。

[3] 刑分五等：即死、流、徒、杖、笞。

（六〇）炀帝亡国

炀帝杨广，少从军旅，
南征北战，功成名立。
奢望皇位，夺嫡毁兄，
弑父篡位，掌朝听政。
力行改革，并省州县。
《大业律》法，一十八篇，
宽政轻刑，避繁就简。
首创科举，学优而仕，
从隋至清，千年沿袭。
兴建学校，遍访古籍，
学士百人，抄编整理。
洛阳建库，保藏经典，

四部分类[1]，数十万卷。

宝岛台湾，隋称流求，

移民开发，始于东吴。

大业三年，归附大陆，

炀帝派员，三次慰抚。

隋通西域，二十七国，

远至里海，三条通道，

车马驼铃，万里不绝。

老王在位，二十余年，

布帛充积，粮满为患。

欲建东都，设计方案，

预算之巨，惊心破胆，

置诸高阁，声消音断。

欲开运河，勘测数年，

议而未决，如船搁浅。

炀帝即位，立扫千言，

东都洛阳，实施营建，

三城[2]齐开，丁役十万。

城中造海，海内三山[3]，

楼台殿阁，隐约其间。

清渠通海，寝宫绕畔。

奇花异石，一十六院。

工程圆满，历时一年，

夜以继日，风雨相煎。

帝披月色，宫女数千，

卖俏争宠，长夜淫欢。

东都未竣，运河开工，

三段[4]同开，洛阳为中，

煌煌隋唐

北通涿郡，南达余杭，
五千华里，绝世无双。
百万民工，寒来暑往，
力尽筋疲，七损八伤，
死者无数，魂落他乡。
六年通渠，帝下江都，
纤夫万名，龙舟千艘，
巡幸作乐，挥霍无度。
大业三年，再治驰道，
道分两条，同时营造。
一自榆林，东达涿郡；
二由太行，抵至并州，
三千余里，凿山破土。
同年七月，修固长城，
连镳并轸，民不堪命。
炀帝之举，口为民生，
变功为罪，孽深难容。
炀帝后期，三征高丽，
国力衰颓，矛盾加剧。
东北王薄，造反扯旗。
浪潮席卷，义军四起。
隋朝倾危，大势将去。
太原留守，陇西李渊，
趁机反隋，攻占长安，
拥主杨侑，沉几观变。
炀帝南巡，滞留江都，
听谗惑乱，淫乐不敛。
从驾将领，宇文化及，

联络同党，发动兵变，

诛杀炀帝，拥众北还。

炀帝死讯，飞传四方，

李渊废侑，改国为唐。

平灭义军，重归一统，

安抚百姓，天下大定。

[注释]

[1] 四部分类：指隋代藏书以甲乙丙丁为目，分经、史、子、集四类，名曰四部
分类法，为后世沿用。

[2] 三城：指宫城、皇城和外郭城。宫城是宫殿所在处，皇城是官署所在处，外
郭城即大城。

[3] 三山：指蓬莱、方丈、瀛洲三座仙山。

[4] 三段：指通济渠、永济渠和江南河。

（六一）千年帝范

世说隋朝，哀哀命短。

二世杨广，罪莫能辩。

营建新都，贯通运河，

南巡北狩，连年征战。

虐民如土，昏暴背天，

有功无德，亡国之源。

大业日崩，民反兵变。

疾风烈火，南北席卷。

军阀李渊，坐守太原，

拥兵不动，窥目静观。

次子世民，四方志远，

劝父起兵，直下长安。

李渊称帝，国号为唐，

立长为储，仲叔为王。

秦王世民，披甲领命，

平灭义军[1]，回归一统。

南杀北伐，赫赫首功。

玄武之变，杀储之争，

李渊退位，秦王掌政。

年号贞观，史称太宗。

乱后求治，天下同声。

变革体制[2]，权力制衡；

修明政治，推行仁政；

善置旧臣，信任魏征；

纳谏从流，犯颜不怒；

"十思"为戒，刻于屏风。

崇道尊儒，制欲守静；

兴办国学，修订"五经"。

厉行节俭，土木不兴；

均田调法，先存百姓。

唐律法典，简约宽平，

以礼制法，法德并行。

世界三典[3]，唐律有名。

四年大变，海内升平。

经济猛进，人口迅增。

官员奉法，断狱守正。

监察赏罚，立国立公。

民不闭户，路无拾遗，

官府罗雀，十牢九空。

君道有德，万众称颂。

安定边境，对外用兵，

除灭外侵，恩威并重。

北灭突厥，南平越南，

打通西域，降服朝韩，

贯通欧亚[4]，皆入唐版。

设置四府[5]，直属中央，

羁縻政策，兼容开放。

唐蕃修好，文成进藏。

四方太平，国运隆昌。

贞观大治，百业兴旺。

诗歌书画，明世文章。

丝绸之路，驼铃传响。

官门商路，同时开放，

胡人云集，平等交往，

科举入仕，封官点将。

长安大都，七倍罗马。

洛阳广州，气派繁华。

十里街坊，九里胡商，

异国情调，芬芳留香。

太宗暴毙，正值旺年，

死于丹药，术士行骗。

伟哉太宗，贞观之盛，

后世人主，谁可以复？

难道"喜功"？难道"好名"？

煌煌隋唐

[注释]

[1] 义军：主要指以薛举、刘武周、王世充、李密、宇文化及、窦建德，萧铣，杜伏威为首领的八支起义军势力。

[2] 变革体制：主要指改革官制，实行三省六部制。三省为中书省、门下省、尚书省，分别掌管军国政令、政令审议和行政。下设吏、户、礼、兵、刑、工六部，分掌官吏铨选、户籍钱粮、礼仪庆典、军事、刑法和工程兴建。

[3] 世界三典：即世界公认的最伟大的三部律法，为《唐律》《罗马法》、拿破仑《民法典》。

[4] 贯通欧亚：这里指唐朝时中国的版图。北至蒙古和俄罗斯，南含越南，东含韩国和朝鲜，西含哈萨克斯坦东部和东南部、吉尔吉斯斯坦全部、塔吉克斯坦东部、阿富汗大部、伊朗东北部、土库曼斯坦东部、乌兹别克斯坦大部。

[5] 四府：指安西都护府、安东都护府，安北都护府、安南都护府。

（六二）女皇天下

武氏则天，祖籍并州[1]，

其父士彟，掌管工部。

贞观十一，选美入宫，

立为才人，颇不得宠，

暗与太子，儿女私情。

太宗驾崩，削发为尼，

感业寺内，青灯孤影。

高宗即位，未忘旧情，

召为昭仪，参与朝政。

为主后宫，施展阴谋，

永徽五年，诏立皇后。

高宗抱病，武后代权，
百司奏事，一人决断。
上元元年，赐号天后。
垂涎皇位，痛下杀手，
连害亲生，弘贤二储。
弘道元年，高宗驾崩。
传位李显，是为中宗。
次年废之，幽禁深宫。
更立李旦，是为睿宗。
临朝称制，握权秉政。
李唐宗室，关陇士族，
联合一气，内外反武。
天后下诏，列匦宫门[2]，
投书告密，不论身份。
物色酷吏，大兴冤狱，
打压重点，李唐宗室，
元老亲党，政敌异己。
股肱之臣，施加庇护，
飞冤驾害，旋贬旋复。
垂拱四年，宗室谋反，
涉案数十，非流即斩。
原任宰相，一十九人，
滥刑之下，无一幸存。
武后称制，一十五年，
无为而治，沿袭贞观，
百业俱兴，农业为先。
忙时耕作，闲时水建，
大小工程，遍及州县。

首创殿试，开设"南选"[3]，

群臣百姓，自举为官。

庶族入仕，有职有权，

奠定国基，金石之坚。

酷吏幸臣，猖獗不乱，

国家机器，正常运转。

土地开发，经济发展，

人口增长，疆土外延。

永昌之年，抛出酷吏，

列其罪状，悉数诛之。

载初元年，天后登基，

改唐为周，恭称圣帝。

睿宗李旦，降为皇嗣。

武皇晚年，困于立储。

男宠二张[4]，得势跋扈，

"五王政变"[5]，诛杀二宠。

帝下御座，让位中宗。

神龙元年，武皇驾崩，

还原皇后，归葬乾陵。

武后执政，五十年间，

私德有缺，公德圆满。

遗嘱树碑，但不立传。

让于后人，评议褒贬。

[注释]

[1] 并州：今山西。

[2] 列甀宫门：指武则天诏令铸造四个铜甀，分涂青、丹、白、黑四色，列于宫

廷门外。青为招恩置于东，丹为招谏置于南，白为申冤置于西，黑为通玄置于北。天下告密之人将告密文书分别投入瓯内，由谏官受理，这对广开言路，通达下情，加强政治控制起到很大作用。

[3] 南选：指专为岭南偏远地区开设的选拔人才制度。

[4] 男宠二张：张易之、张昌宗兄弟。

[5] 五王政变：神龙元年正月，宰相张柬之、崔玄暐，左右羽林将军桓彦范、敬晖，右台中丞袁恕己等五人领导发动军事政变，杀张易之、张昌宗于宫内。病榻中的武则天被请下御座，让位于中宗。后来张柬之等五人被册封为王。这一事件史称"五王政变"。

（六三）开元盛世

玄宗隆基，睿宗之子，
幼怀大志，"阿瞒"自诩。

中宗之时，韦后制权，
图谋皇位，效法则天，
惨杀太子，鸩死中宗。
李旦家室，面临灭顶。

青年隆基，暗蓄武力，
联合其姑，太平公主，
发动政变，诛杀韦后。

旦复帝位，仍称睿宗，
太子隆基，兄弟无争。

睿宗昏懦，听任太平。
太平弄权，左右朝政。

先天元年，玄宗称帝。
太平图位，政变待起。

煌煌隋唐

玄宗先手，进如风雨，

诛杀太平，灭其党羽。

改元开元，玄宗亲政。

重用贤相，姚崇宋璟。

出刺诸王[1]，皇位大定。

革新吏治，裁汰冗官。

县令择用，考试在先，

不明吏道，概不入选。

玄宗之前，豪族并土，

失地农民，跌入"私属"。

玄宗下旨，检田括户，

惩治豪强，不论亲疏。

玄宗自身，克己力行，

奖擢诤臣，官不滥升，

不贪边功，不受馈赠，

赏善诛罪，劝能惩凶。

不出数年，经济飞长，

仓廪俱实，人增物穰。

玄宗之前，宫廷内乱，

边防疏治，军队涣散。

万通元年，契丹反叛。

唐军不敌，营州[2]沦陷。

营州所辖，一十二州，

一触即溃，相继失守。

长安三年，突厥反叛，

占领碎叶，继取庭州。

北方门户，云州[3]失守。

安西道绝，丝绸路堵。

长城以南，燕北陇右，

胡旗纵横，肆虐无阻。

玄宗强军，改行募兵。

扩大屯田，保障军供。

开元五年，量敌用兵，

契丹崩坼，落荒远走。

尽收失地，一十三州。

兴师西域，旌旗蔽天，

首败突厥，再败吐蕃。

拂菻大食[4]，七十二国，

惊恐万状，不攻自破。

中亚通道，万里行畅，

香车宝马，熙来攘往。

唐都长安，东西二市，

店铺林立，胡商万计，

异国情趣，市者云集。

大唐文化，诗歌戏曲，

医学天文，誉贯中西。

政治清明，社会荣昌，

开元盛日，升平景象。

[注释]

[1] 出刺诸王：玄宗为防诸王叛乱，削其兵权，出任州刺史，史称出刺诸王。

[2] 营州：今辽宁省朝阳市。

[3] 云州：今山西省大同市。

[4] 拂菻大食：拂菻，指东罗马帝国；大食，指阿拉伯帝国。

（六四）安史叛乱

玄宗兴治，四海升平，
自我陶醉，称德颂功。
高居无为，怠于朝政。
韩休力谏，视为喉鲠，
罢其相位，诤言绝声。
李姓林甫，出任宰相，
口蜜腹剑，阿谀逢迎，
屡起大狱，诛逐贞忠。
上不识奸，反以为能，
委政于李，无事不从。
奸佞便嬖，肆虐朝廷。
玄宗子媳，杨氏太真，
册封贵妃，宠其一身。
贵妃族兄，赐名国忠，
神奸巨蠹，尤受恩宠。
李林甫死，代为右相，
权倾内外，操纵朝堂。
国事日非，朋比作奸，
均田瓦解，强征横敛，
民力凋敝，神怒鬼怨。
上不思治，耳闻则颂，
开元盛景，荡然一空。
边将索掠，异族复起，
中亚各国，倒向大食。

安禄山者，柳城[1]"胡人"，

征战勇猛，擢升将军。
天宝十年，兼领三镇[2]。

媚辞迎上，包藏祸心。
社稷良臣，不惜犯颜，
提醒皇上，安欲谋反。
玄宗大怒，以为离间。
反擢其职，赐予重权。
充其军需，运往幽燕。
一声霹雳，安反范阳，
兵锋直指，唐都长安。
中原之地，毫无备战，
叛军南下，追风逐电。
攻占洛阳，进击潼关。
潼关失守，威逼长安。
安于洛阳，立国大燕。
玄宗出逃，蜀中避难。
至马嵬驿[3]，将士拒前。
诛杀国忠，缢死玉环。
太子李亨，北进灵武[4]，
即位称帝，是为肃宗。
郭与二李[5]，临危受命，
屡败叛军，发起反攻。
史思明者，安之悍将，
安死降唐，节度范阳。
再度叛反，魏州称王。
诛杀安子[6]，攻占洛阳。
非命子手[7]，子退幽州。
兵败势穷，催身碎首。

安史之乱，败在内乱。

虽经平定，遗患并连。

[注释]

[1]柳城：今属辽宁朝阳。

[2]兼领三镇：指平卢、范阳、河东三镇。

[3]马嵬驿：今陕西兴平西。

[4]灵武：今属宁夏。

[5]郭与二李：指郭子仪、李泌、李光弼，皆著名军事家。

[6]安子：即安禄山之子安庆绪。

[7]非命子手：这句话中的子指史思明之子史朝义。

（六五）晚唐之患

唐朝晚期，八十七年，

宦官弄权，朋党为患，

藩镇割据，国步维艰。

宦官之祸，唐室顽症，

起于玄宗，成于德宗。

掌典禁军，把持朝政。

宪宗之后，八位皇帝，

中有七帝，宦官所立。

原定嗣君，或杀或废，

株连朝臣，血凝成碧。

朝臣抑宦，三起三败[1]，

宦势未灭，数千被害。

政荒民敝，世道日衰。

穆宗至宣，五帝相延，

朋党比周，三十九年。

牛派僧儒，李派德裕，

此起彼落，同室相煎。

太和七年，李任宰相，

牛派作对，下跳上蹿，

时未过岁，李遭谪贬。

会昌元年[2]，复任宰相，

辅佐武宗，雄谋勇断。

反击回纥，解除外患；

讨平刘稹，藩镇势敛；

力革前弊，抑制宦官；

禁闭佛寺，裁减冗员；

中兴景象，民心所盼。

武宗谢世，宣宗承统，

启用牛党，否定武宗，

牛李相害，达至高峰。

藩镇割据，河北为甚，

幽州成德，魏博[3]三镇。

宪宗之后，权位内争，

主帅更迭，无视上命。

民如草芥，苦不聊生。

浙东裘甫，邕州庞勋，

相继造反，攻占州县，

吹响前奏，星火漫燃。

乾符二年[4]，黄巢反叛，

推戴为王，转战河南。

煌煌隋虞

远下江浙，长驱福建，
攻克广州，众至数万。
回师北伐，沿湘而下，
占领洛阳，西破潼关，
一鼓作气，直下长安。
不扰百姓，市坊晏然。
立国大齐，点将封官。
唐军反扑，藩镇旁观，
借助沙陀[5]，进攻长安。
黄巢反唐，劳师远袭，
只知攻城，不知略地，
不治后方，军元后继。
义军置粮，撤出长安，
围定陈州，固壁如磐，
久攻不克，退走河南。
伤亡惨重，内讧不断。
部下首领，各自为战。
黄巢残部，辗转泰山，
为敌追及，含笑九泉。
义军败灭，藩镇混战。
宦官复起，乘势专权。
拉拢藩镇，充当外援。
天复三年，朱温杀宦。
翌年八月，诛杀昭宗，
立帝李柷，是为昭宣。
天佑四年，朱温代唐，
废帝自立，国号为梁，
建都于汴[6]，史称后梁。

[1] 三起三败：指朝臣与宦官的三次对抗。

[2] 会昌元年：公元841年。

[3] 魏博：今河北省大名县。

[4] 乾符二年：属唐僖宗纪年，即公元875年。

[5] 沙陀：西突厥别部。宪宗时，酋长朱邪执宜内附，处盐州。其子赤心，唐赐
姓名李国昌。其孙李克用。唐僖宗中和三年（公元883年），招李克用沙陀兵，
配合唐军镇压黄巢义军，胜利后封晋王，成为镇压起义军战争中发展起来的
新藩镇。

[6] 汴：今河南开封。

五代宋元

（六六）五代割据

朱温代唐，史称后梁，
兵戈扰攘，中原板荡。

五十三年，五朝更替，
江南西蜀，十国割据。

沙陀部落，上潮突厥，
中唐内附，赐姓为李。

其时酋长，朱邪执宜，
据处盐州[1]，繁衍生息。

其孙克用，胆识两全，
治军云州，沉几观变。

晚唐末路，天下大乱，
黄巢义军，攻破长安。

唐军反扑，借助外援，
沙陀兵马，配合作战，
渡过黄河，逼近长安。

义军断粮，退却河南，
再退山东，灭于泰山。

僖宗还朝，论功行赏，
沙陀克用，加封晋王，
坐守太原，节制河东，
后与朱温，兵戈互兴。

开平二年[2]，克用病亡，
长子存勖，嗣位晋王，
安定内廷，备战扩疆。

温子友珪，弑父夺位，

不理朝政，沉湎声色。

均王友贞，发动兵变，

杀死兄珪，称帝于汴。

后梁令公[3]，身拥重兵，

据土魏博[4]，屡不如命。

令公病卒，梁主称庆，

分徙魏博，令出惟行。

魏博之兵，父子相承，

互为姻亲，哭声连营。

引发政变，借助外援。

沙陀兵马，风起云卷，

入据魏州，继下德澶。

梁廷内斗，再肆上演，

外戚操政，依势弄权。

贞明二年[5]，梁主赴洛。

晋王乘机，履冰越河，

克城杨刘，大行抢掠。

其后三年，两军混战，

梁地日蹙，晋土日泛。

龙德三年[6]，存勖称帝，

立国大唐，史称后唐。

是为庄宗，年号同光。

旋复率军，攻打后梁，

战如风发，后梁告亡。

北方统一，迁都洛阳。

次年灭蜀，士气正旺。

庄宗入洛，充实后宫，

朝歌暮舞，荒淫醉生。

五代宋元

疏远贞臣，听信奸佞，
封赏伶人，引发内争。
老王养子，名曰嗣源，
屡劝庄宗，庄宗拒听，
反遭猜忌，几乎丢命。
遂率亲兵，射杀庄宗。
自立为帝，是为明宗。

沙陀部人，石姓敬瑭，
勇略少语，阴诈内藏，
明宗贵婿，心腹大将，
节制河东，云州大同，
不贪声色，清廉施政。
明宗离世，养子从珂，
是为末帝，与石不和。
末帝讨石，以石投卵。
石无退策，求助契丹，
割地称臣，以为条件。
部将劝石，不可许土。
石入迷途，众言不顾。
契丹国主，耶律德光，
自带大军，进击晋阳，
内外夹攻，唐军败降。
联军南下，占领洛阳。
末帝自焚，后唐告亡。
石于汴京，称帝建晋，
是为高祖，史称后晋。
双务契约，割让幽云，

一十六州[7]，见弃于人。

傀儡石晋，积弱积贫，

谄媚契丹，退让隐忍，

认贼作父，自称儿臣，

臭名万载，耻国垢民。

天福七年[8]，高祖病死。

兄子重贵，嗣位称帝，

是为出帝，仰承鼻息。

新命宰相，景氏延广，

漠视契丹，一味逞强。

契丹借故，入犯中原。

晋朝将士，殊死而战。

杜氏重威，后晋大将，

叛国降敌，引兵汴梁，

活捉出帝，后晋乃亡。

耶律德光，改国西辽，

建都上京，是为太宗。

石晋大将，刘氏知远，

节制河东，坐守太原。

契丹攻晋，按兵守境，

辽军北还，称帝太原。

是为高祖，史称后汉。

在位半年，绝离尘寰。

其子承祐，是为隐帝，

年方十八，尚不成器，

宠信宦官，听任外戚。

乾祐三年[9]，辽军攻汉，

五代宋元

郭威奉命，兴师前线。

小人说帝，郭握兵权，

君当提防，不测之变。

隐帝听信，追杀郭威。

威得消息，心如寒灰，

于是反朝，兵临汴梁。

隐帝北逃，死于部将。

另立刘后，掌管朝堂。

高祖之弟，河东刘旻，

称帝太原，史称北汉。

郭威抗辽，行至澶州，

黄旗加身，改国为周，

是为太祖，史称后周。

显德元年[10]，太祖病崩。

养子柴荣，命世之英，

继承皇位，是为世宗。

推行改革，拨乱反正。

北汉误断，后周大乱，

集结兵马，进犯中原。

世宗亲征，对战高平[11]，

大败北汉，声威倍增。

蓄力再发，志在一统。

扫平南唐，平定后蜀，

北伐契丹，取其燕南。

不幸病逝，抱恨终天。

三十九岁，在位六年。

其子宗训，七岁小童，

哄恫登基，前呼后拥，

放声号啕，挣扎不从，

是为恭帝，难违天命。

南方诸国[12]，异于中原，

朝代稳定，少有争战。

北人避乱，大量南迁。

经济重心，移向江南，

江南繁荣，指日可见。

[注释]

[1] 盐州：今属陕西省。

[2] 开平二年：后梁太祖朱温年号，即公元908年。

[3] 令公：即后梁招讨使杨师厚。

[4] 魏博：指魏（今河北大名北）、博（今山东聊城）、贝（今河北清河）、相（今河南安阳）、澶（今河南濮阳）、卫（今河南淇县）六州。魏州为首府。

[5] 贞明二年：后梁末帝朱友贞年号。即公元916年。

[6] 龙德三年：即公元923年。

[7] 一十六州：即幽云十六州。

[8] 天福七年：即公元942年。

[9] 乾祐三年：后汉隐帝刘承祐年号。即公元950年。

[10] 显德元年：公元954年。

[11] 高平：今属山西省。

[12] 南方诸国：指吴、吴越、南汉、楚、前蜀、闽、荆南（南平）、后蜀、南唐等九国。

（六七）北宋与辽

赵姓匡胤，出身将门。

祖居涿州，胆识过人。

投奔后周，勋功超群。

起于士兵，连阶累任。

世宗[1]宠信，掌典禁军。

恭帝[2]即位，北汉犯境。

匡胤奉命，为帅出征。

至陈桥驿[3]，下寨安营。

夜发兵变，喧嚷成声。

匡胤佯睡，哄然不醒。

黄袍加身，旋复回京。

拥登崇元，改国为宋。

是为太祖，都城开封。

太祖在位，一十六年，

北守要津，致力东南[4]。

太祖离世，传位太宗，

是为光义，志在一统。

先平吴越，再并北汉。

南方大定，欲复云燕。

兴兵攻辽，信誓满满。

对战高梁[5]，为辽所败，

未拔其志，卷土再来。

雍熙三年[6]，辽主升天。

圣宗继位，幼小童男。

太后萧氏[7]，摄政握权。

辽女主国，不入宋眼。

爽隙起兵，再夺云燕。

对战岐沟[8]，败如倒山。

后取守势，不敢兴战。

辽军南侵，自此不断。

太宗离世，传位真宗。

景德元年[9]，辽军攻宋。

宋廷震骇，欲迁金陵。

寇准主战，逼主亲征。

御驾渡河，进驻澶州。

辽军攻澶，城头万弩。

统军挞凛[10]，阵前丧命。

指顾之间，局势逆转。

宋军大振，杀敌数万。

辽方约和，索土关南。

宋主应约，岁币求安[11]。

澶渊成盟，辽军北返。

垢民耻国，青史黄卷。

辽帝殒命，新主初立，

欲取关南，差员求地。

讹诈宋土，炫耀武力。

仁宗赵祯，全元骨气。

岁加银绢，十万两匹。

宋辽复和，兵戈暂息。

北宋中衰，税赋并起。

民不堪负，义旗频举。

党项建夏，崛起西北。

宋朝边患，再生风雷。

五代宋元

[注释]

◇─────────────────

[1] 世宗：指后周世宗柴荣，郭威养子。

[2] 恭帝：即后周恭帝柴宗训，在位一年（公元959—960年），柴荣之子。

[3] 陈桥驿：今河南省封丘南。

[4] 致力东南：这里主要指平定东南四国，即荆南、后蜀、南汉、南唐。

[5] 高粱：即高粱河。

[6] 雍熙三年：即公元986年。

[7] 太后萧氏：辽景宗后。名绰，字燕燕。其子耶律隆绪（圣宗）即位后，被尊为皇太后，摄国政。

[8] 岐沟：即岐沟关，今河北省涿州市西南。

[9] 景德元年：宋真宗恒年号，即公元1004年。

[10] 挞凛：即萧挞凛（亦日览）。

[11] 岁币求安：指宋每年输辽白银十万两，绢二十万匹，从而达成和议。亦称澶渊之盟。

（六八）北宋与夏

党项一族，古羌分支。

散居松潘[1]，河曲谷地。

拓跋赤辞，是为首长，

徙至甘陕，唐初附唐。

唐末世乱，黄巢造反，

族首思敬，带兵平叛，

立有战功，受封定难。

赐以国姓，守安观变。

北宋初年，首领继迁，

归降宋朝，继之又叛，

征战吐蕃，死于前线。

其子德明，羽翼丰满，

收回西凉，振武饮胆。

德明之子，名曰元昊，

喜读兵书，深谋远虑。

明道元年，其父离世，

元昊嗣业，风云得志。

展土扩疆，领域四至：

南接萧关，北控大漠，

西界玉门，东临黄河。

握图思治，于是立国。

国号大夏，都城兴庆[2]。

登极称帝，是为景宗。

区划郡县，定官立制。

拔识才干，创新文字[3]。

屯兵保境，联辽抗宋。

数年丕变，国力强盛。

坐等云起，举兵反宋。

宋夏之间，三年三战[4]。

北宋三败，惨象空前。

国家困弊，民生艰难。

仁宗请和，岁币银绢。

庆历四年[5]，和议达成[6]。

西北边境，暂时苟安。

[注释]

[1] 松潘：今属四川。

[2] 兴庆：今宁夏回族自治区银川市。

[3] 创新文字：指西夏文字。创制于公元1036年至1038年间，仿汉字形体，并采用会意、形声等汉字构字方法。

[4] 三年三战：公元1040年至1042年，宋夏间于三川口、好水川和定川寨举行了三次战役，宋军三战皆败，伤亡巨大。

[5] 庆历四年：公元1044年。

[6] 和议达成：公元1044年，北宋与夏达成和议，商定宋每年向西夏纳银七万两，绢帛十五万匹，茶叶三万斤。

（六九）北宋与金

古族女真，亦称索慎。

散居松花，白山黑水。

唐时建国，国号渤海，

附唐朝贡，接受唐封。

后为辽灭，改称东丹。

阿骨打者，黑水女真，

完颜为姓，才略过人。

起兵反辽，勇猛精进。

宁江出河[1]，两大战役。

以少胜多，逼敌退道。

天庆五年[2]，立国曰金。

称帝太祖，万众归心。

乘势用兵，出奇制胜。

既克咸州[3]，复取黄龙[4]，

掩敌不备，再夺东京[5]。

徽宗观变，视机可乘，

借金之力，收复燕京[6]。

约金攻辽，事以密成：

宋军北进，夺取燕京；

金兵智取，中京上京[7]。

天辅六年[8]，兵衅再生。

宋军攻燕，两战皆败，

望尘而溃，弃甲曳兵。

金军出战，大破两京。

一鼓作气，再克燕京。

五京皆破，大辽亡国，

天祚逃亡，为金所获。

宋欲得燕，岁输银绢。

协议达成[9]，交割兑现。

宋置两府，云中燕山。

金太祖薨，吴乞买立，

是为太宗，南下攻宋。

尽锐渡河，直抵开封。

徽宗破胆，禅位钦宗。

钦宗赵桓，启用李纲，

军民协力，固若金汤。

金军攻城，屡攻不破，

置此关头，钦宗约和。

罢黜李纲，赔款割地[10]。

完成交割，金军北去。

宋廷君臣，纸醉金迷。

五代宋元

靖康元年[11]，秋风飒飒。

金军铁骑，二次南下。

攻克开封，灭亡北宋。

府库蓄积，席卷一空。

[注释]

[1] 宁江出河：即宁江州（在今吉林省扶余县境内）、出河店（在黑龙江省肇源县境内）。

[2] 天庆五年：辽天祚帝耶律延禧年号，即公元1115年。

[3] 咸州：今辽宁开原一带。

[4] 黄龙：即黄龙府（今吉林省农安县）。

[5] 东京：渤海国以龙原府为东京，故址在今吉林省珲春八连城。

[6] 燕京：契丹会同元年（公元938年），升幽州为幽都府，建号南京。北宋则称燕京。

[7] 中京上京：辽统和二十五年，建大定府为中京，故址在今内蒙古自治区宁城西大明城。契丹会同元年，改皇都为上京临潢府，故址在今内蒙古巴林左旗南。

[8] 天辅六年：金太祖完颜阿骨打年号，即公元1122年。

[9] 协议达成：指宋朝收回燕地，向金朝岁输银绢各二十万两匹，又别输"燕京代税钱"一百万缗。

[10] 赔款割地：指宋金和解，宋向金输金五百万两，银五千万两，表缎百万匹，牛马万头；割让太原、中山、河间三镇给金。

[11] 靖康元年：北宋钦宗赵桓年号，即公元1126年。

（七〇）南宋与金

钦宗之弟，康王赵构，

金朝做质，行至半途，

为民所阻，还将相州。

废后孟氏[1]，令迎南京[2]，

拥构称帝，是为高宗。

延续宋统，史称南宋。

建炎二年[3]，定都临安[4]。

高宗之初，重用李纲[5]，

布署抗金，强固国防。

旋复即变，赶出朝堂。

主和一派，气吐眉扬。

建炎三年，霜气横秋，

金兵南下，首占徐州。

即打即离，逼近扬州。

高宗失措，逃往杭州，

再逃越州，再逃明州，

后由定海，逃往温州。

金军此侵，意在剽掠，

元意灭宋，亦非占土。

饱掠之后，载欣载酒，

悠然北归，戒备全元。

行至镇江，黄天荡旁，

韩世忠部，扼其归向，

金军大败，逃往建康。

静安[6]渡江，复遇岳飞，

金军再败，损兵折将。

汤阴岳飞，投军北宋，

能谋善战，受封"精忠"。

绍兴四年[7]，收复襄阳。

绍兴十年，破敌颍昌[8]，

拔取蔡州[9]，光复洛阳。

决战郾城，重创金兵。

大举推进，锐气盈空。

相距宋都，四十华程。

金帅兀术，诚惶诚恐，

束手无策，欲弃开封。

岳飞挥毫，上疏高宗，

乘胜反攻，直捣黄龙。

高宗见奏，反复权衡，

功高尾大，势必难控。

连下金牌，一十二道，

命令岳飞，即时撤兵。

岳飞无奈，退兵鄂州，

感慨万千，痛心疾首。

北宋末年，靖康之变，

朝臣秦桧，虏至女真，

叛国求荣，屈节事金。

建炎四年，秦桧归宋，

封官拜相，窃幸乘宠。

策划议和，力排贤能。

壬戌成盟[10]，金使入宋。

赵构称臣，接受册封；

割让四州，商秦唐邓；

并贡银绢，举觞称庆。

岳飞不死，兀术心病，

密使秦桧，捏造罪名。

昏君赵构，心知肚明。

即行杀害，天怨地怒。

百姓捐资，建庙鄂州，

香火膜拜，万岁千秋。

皇统八年[11]，金廷政变。

太祖之孙，海陵王亮，

诛杀熙宗，篡位自立。

迁都燕京，整修开封。

正隆五年[12]，主帅攻宋，

和州渡江，风起云涌。

宋军统帅，庐州王权，

望影而逃，东零西散。

军情快报，传至临安，

高宗欲逃，赶制御船。

虞氏允文，朝廷文官，

采石犒军，恨海难填。

收集散勇，与金对战。

采石之役，水战正酣，

后方金廷，突发政变，

完颜氏雍，窃国夺权。

是为世宗，年号大定。

快报帝亮，亮心大乱，

改趋扬州，复至瓜州，

节节受挫，迁怒于将。

众将密谋，射杀帝亮。

宋军大捷，金军北返。

高宗在位，三十五年。

传位赵眘，史称孝宗。

岳飞冤案，始得平反。

起用张俊，收复失地，

金军反攻，溃败符离[13]。

孝宗遣使，与金议和，

割地赔款，岁献银绢。

后三十年，未起战端。

赵扩继位，史称宁宗，

整军北伐，收复数城。

退让求和，执掌朝阁，

嘉定元年[14]，订立新约，

岁币犒银，愈涨愈高。

此时北方，蒙古崛起，

连续攻金，所向披靡。

金军南遁，招架无力。

天兴三年[15]，蒙古灭金。

宋金对立，百年之久，

内行暴敛，外受凌欺。

枉称富国，国破家离。

枉称大宋，苟安一隅。

钟相杨幺，揭竿起义，

百姓拥戴，谁说无理？

[注释]

[1] 废后孟氏：原为宋哲宗赵煦之后，即元祐皇后。

［2］南京：今河南省商丘市。

［3］建炎二年：宋高宗赵构年号，即公元1128年。

［4］临安：今杭州。

［5］李纲：北宋大臣，主张抗金。

［6］静安：今江苏江宁西北。

［7］绍兴四年：宋高宗赵构年号，即公元1134年。

［8］颍昌：今河南省许昌市东。

［9］蔡州：今河南省汝南县。

［10］壬戌成盟：绍兴十二年（公元1142年）为壬戌年，宋金达成协议，史称"绍
　　　兴和议"。

［11］皇统八年：金熙宗完颜亶年号，即公元1148年。

［12］正隆五年：金海陵王完颜亮年号，即公元1160年。

［13］符离：今安徽省宿县境内。

［14］嘉定元年：南宋宁宗年号，即公元1208年。

［15］天兴三年：金哀宗年号，即公元1234年。

（七一）一代天骄

额尔古纳，河之上游，

蒙族一部，生聚故土。

其后徒迁，三河源头[1]、

铁木真者，为其部首。

开禧二年[2]，马肥高秋，

统一漠北，蒙族诸部。

建立汗国，国号蒙古[3]。

成吉思汗[4]，史称太祖。

创造蒙文，登记户口，

编制法典，健全制度。

军事扩张，卓绝千古。

对外用兵，首攻西夏，

三次入侵，大张挞伐。

嘉定四年[5]，兴兵攻金，

进占中都[6]，主动撤军。

时隔七年[7]，率部西征。

铁骑浩荡，凶猛如鹰。

首役征服，花剌子模[8]，

尾战决胜，斡罗思国[9]。

版图扩展，中亚南俄。

分封四子，各立汗国[10]。

宝庆二年[11]，夏主降蒙。

翌年七月，太祖病崩。

一代天骄，成吉思汗，

叱咤风云，二十二年，

奇勋伟绩，举世震撼，

彪炳青史，如日经天。

[注释]

[1] 三河源头：指斡难（今鄂嫩河）、怯绿连（今克鲁伦河）、土兀剌（今土拉河）三河源头。

[2] 开禧二年：南宋宁宗赵扩年号，蒙古太祖孛儿只斤·铁木真元年，公元1206年。

[3] 国号蒙古：全称"也客·蒙古·兀鲁思"即大蒙古国，简称蒙古。

[4] 成吉思汗：孛儿只斤·铁木真的称号。成吉思汗意为"海洋"。

[5] 嘉定四年：公元1211年。

［6］中都：燕京，今北京市。

［7］时隔七年：公元1218年。

［8］花剌子模：一译火寻。中亚阿姆河下游古国，中心城市为乌尔坚奇。1218—1220年为成吉思汗征服。

［9］斡罗思国：今俄罗斯。

［10］各立汗国：钦察汗国，是成吉思汗长子术赤的封地。察合台汗国，是成吉思汗次子察合台的封地。窝阔台汗国，是成吉思汗第三子窝阔台的封地。伊儿汗国，是成吉思汗第四子拖雷之子的封地。

［11］宝庆二年：公元1226年。

（七二）蒙古灭金

太祖之子，名窝阔台。

兄弟行三，多谋善断。

继承父业，接任可汗。

是为太宗，总理朝政。

太宗元年[1]，官山[2]聚会，

旨在伐金，会商对策。

三路进征，自统中军。

直取凤翔，攻陷河中[3]。

右军拖雷，假道于宋。

破大散关，攻入汉中。

抢渡汉水，大军入邓[4]。

与金会战，三峰山前。

金军精锐，三十五万，

灰飞烟灭，鱼惊鸟散。

潼关守将，乞降献关。

左路兵马，夺取济南，

由济南下，边进边战。

太宗四年，合围汴京。

哀宗守绪，逃奔蔡州[5]。

蒙军围蔡，兵困粮穷。

太宗用计，遣使求宋，

联合破蔡，划疆分境，

蔡州归蒙，河南返宋。

宋廷大喜，欣然应诺。

蔡州城破，大金灭国。

蒙军北还，太宗毁约。

南宋当局，乘机出兵，

未劳厮杀，收复两京[6]。

太宗闻报，回师攻宋，

击溃宋军，夺回两城。

太宗七年，两路攻宋。

右路入川，占领成都。

左路破唐[7]，克取襄阳。

劫掠之后，蒙军北上。

太宗九年，征服钦察。

翌年兴兵，斡罗思国，

破城十余[8]，肆行抄掠。

太宗在位，一十三年，

溺情酒色，死于行殿。

[注释]

[1] 太宗元年：公元1229年。

［2］官山：今内蒙古卓资县北。

［3］河中：即河中府，今山西永济西。

［4］邓：即邓州。

［5］蔡州：今河南省汝南县。

［6］两京：指西京洛阳、东京开封。

［7］唐：指唐州。

［8］破城十余：指科洛姆纳、莫斯科、罗思托夫、弗拉基米尔等城市。

（七三）建元灭宋

窝阔台汗，崩于和林[1]。

长子贵由，接替大任。

在位统治，不及二年，

沉湎淫逸，死于突然。

拖雷之子，是为蒙哥，

雄才大略，四处征战，

屡建奇功，望高声远，

荣登汗位，斡难河畔。

起兵南征，攻陷大理[2]。

招降吐蕃，声威并起。

蒙哥八年[3]，再度用兵，

进攻合州[4]，受伤而崩。

蒙哥胞弟，名忽必烈，

继承汗位，迁都燕京。

至元四年[5]，率军攻宋。

主攻江汉，襄阳樊城。

对峙六年，蒙军获胜。

至元八年，改国大元。

一十一年，继续攻宋，

决战芜湖，惨烈空前。

宋军大败，主力被歼。

一十二年，破取临安。

南宋恭帝，拱手降元。

陆张文陈[6]，南宋四贤，

扶助赵昺，九岁童男，

崖山登基，苟留残延。

元军铁骑，横扫崖山。

陆抱幼帝，投海死国，

南宋国祚，从此断绝。

蒙宋对抗，始于瑞平[7]，

四十一年，民不聊生。

宋辽夏金，三百余年，

兵火相煎，民生涂炭。

大元一统，四方人愿。

中华民族，疆域空前。

东尽辽左，南越海表，

西极流沙，北逾阴山。

吐蕃大理，纳入元版。

伟哉高哉，忽必烈汗，

在位执政，三十五年，

文德武功，青史永传。

[注释]

[1] 和林：今蒙古国鄂尔浑河上游哈拉和林。

［2］大理：大理国，当时的统治区域包括今天的云南全省，贵州、西南部、缅甸、老挝等地方。

［3］蒙哥八年：指蒙哥汗八年，公元1258年，南宋理宗宝祐六年。

［4］合州：今重庆市合川区。

［5］至元四年：公元1267年。

［6］陆张文陈：南宋朝臣陆秀夫、张世杰、文天祥、陈宜中。

［7］瑞平：南宋理宗赵昀年号，瑞平元年为公元1234年。

（七四）大元亡国

忽必烈汗，改蒙为元。

大元存国，九十八年。

第一大国，慨叹命短。

原因故多，此间言三：

其一君位，明争暗夺，

直至亡国，不曾断绝。

世祖争位，开启先河，

兄弟相敌，不惜兵戈。

成宗死后，二十六年，

换帝九人，纷乱不堪。

其二政治，天日不见，

种族歧视，冠古绝寰。

民分四等[1]，军分四等[2]，

人心愤懑，不平则鸣。

种下仇恨，逢时必动。

其三徭赋，横征暴敛，

民不保命，铤而走险。

摇篮曲

顺帝至正，一十一年，
反元风暴，卷地扬天。
刘氏福通，颖川造反，
头裹红巾，众至十万。
攻占亳州，立国为宋。
三路北伐，山摇地动。
东路义军，占领山东，
进入河北，威逼燕京。
中路入晋，攻克大同，
一鼓作气，再取开平[3]。
西路义军，入陕破甘，
麾师南下，横扫四川。
胜利之下，生发内争，
首领福通，战死安丰[4]。
形势急转，败于垂成。
南方义军，徐寿辉部，
攻城略地，纵横多省[5]。
濠州钟离[6]，朱姓元璋，
立足集庆[7]，统一南方。
挥师北伐，直逼大都，
顺帝北逃，元朝气终。

[注释]

[1] 民分四等：元制，人分四等。蒙古人是最高一等。其次是色目人，即来自天山南北及葱岭以西的人。再其次是"汉人"，指在黄河流域的汉人和女真人等。最下的是"南人"，指南宋灭亡后归附的在长江流域及其以南的人，汉人是其中的大多数。

［2］军分四等：与人分四等相应，上等为蒙古军，二等为探马赤军，三等为汉军，下等为新附军。

［3］开平：指开平城，称为上都。

［4］安丰：今安徽省寿县。

［5］多省：指湖南、湖北、江西、安徽、浙江等地。

［6］濠州钟离：今安徽凤阳东。

［7］集庆：今江苏省南京市。

明清皇朝

（七五）草根皇帝

元朝后期，"南坡之变"[1]，

英宗遇刺，惠宗握权。

沉徭重赋，贪腐暴敛。

天灾多发，饿殍不掩。

反元起义，星火燎原。

濠州钟离，农家子弟，

朱姓元璋，年已十七，

聪慧超凡，魁伟貌异。

家乡大旱，接踵瘟疫。

父母长兄，相继饿死。

孑然一身，流落禅寺。

三年行乞，豫皖各地。

回归故里，义军蜂起。

濠州投军，从郭子兴。

大显异能，屡立战功。

升任镇抚，再迁总兵。

定远问计[2]，成略在胸。

郭帅病亡，朱继帅位。

发展江南，计听朱升[3]。

缓时称王，益民壮兵。

苏浙赣皖，尽收囊中。

广修水利，奖励复耕。

民心所向，实力剧增。

攻占镇江，克取集庆，

改名应天，巩固经营。

应天政权，险象环生，
三大集团，四面围攻。
陈友谅者，拥兵百万，
盘踞汉阳，立国为汉，
偷袭应天，折兵数万。
执意雪耻，不纳忠言。
亲为统帅，百艘战舰，
水陆两师，六十余万，
包围洪都[4]，日夜攻坚。
朱率兵马，紧急救援。
鄱阳湖中，两军决战。
朱用火攻，将敌全歼。
乘胜进军，占领武汉。
张士诚者，平江称王。
广土殷富，古来粮仓。
降元屈节，民心离丧。
朱军讨伐，直下平江。
沿途百姓，箪食壶浆。
守城官兵，不战而降。
除灭两患，北伐讨元。
先取山东，继平河南。
牵敌南阳，西夺潼关。
所到之处，秋毫无犯。
直捣大都，狂飙怒卷。
元朝覆灭，顷刻之间。
草根称帝，立国大明，
年号洪武，都城应天。
改制革新，强化皇权。

爱民惠民，刚猛治贪。

吏治虽整，冤狱未免。

"胡蓝空印，郭桓四案"，

株连功臣，错杀好官。

开国大帝，瑕不掩瑜，

千秋人物，听其褒贬。

[注释]

[1] 南坡之变：公元1320年，元英宗即位，下令清除铁木迭儿的势力。1323年，英宗由上都返回大都途中，被铁木迭儿之子铁失刺杀身死，史称"南坡之变"。

[2] 定远问计：公元1353年，朱元璋在定远请教明贤冯国用、冯国胜定国之策，冯氏兄弟说："先夺取集庆作为根据地，然后四处征战，倡仁义，收民心，便能夺得天下。"

[3] 朱升：朱元璋的谋士，献计"高筑墙、广积粮，缓称王"。

[4] 洪都：今江西南昌。

（七六）明朝兴衰

太祖元璋，完成统一。

立足现实，乱后养息。

迁民垦荒，兴修水利。

农业恢复，商业并起。

人口急增，天下平治。

成祖朱棣，是为永乐，

迁都北平，修浚运河，

编纂"大典"，安邦治国。

五次用兵，讨平边患，

北破蒙瓦，南并安南。

钦差正使，三宝郑和，

七下西洋，三十余国。

舰船百艘，士兵二万，

扬威异域，非洲以远。

早期五帝，奋发图治，

光大勋业，谓曰盛世。

大明中衰，起于英宗。

追根导源，宦官干政。

英宗即位，九岁顽童，

无力行权，太后持柄。

宦官王振，善于逢迎，

得宠幼帝，权势日重。

太后病故，王振揽权，

广植私党，内治变乱。

瓦剌也先，起兵攻明。

王振劝怂，英宗亲征。

五十万人，行至大同。

前军小败，后军失控。

英宗逃生，被俘北狩。

成王祁钰，立为新君。

是为景帝，临危当政。

瓦剌也先，再行起兵，

北围大同，南寇北京。

兵部于谦，坚守京城，

打败也先，奉还英宗。

封太上皇，出居南宫。

景帝治国，奉行开明。

政策宽舒，体现仁政。

治理黄泛，大获成功。

国威重振，属国朝贡。

景帝八年，身患重病。

"夺门之变"，祸起南宫。

英宗复辟，首杀于谦。

依然昏聩，再度宠宦。

曹姓吉祥，王振死党。

"夺变"有功，总督三营[1]。

结党除异，仗势干政。

国事日非，朝野失宁。

之后三帝，皆蹈前辙。

宦官为害，接踵而来。

宪宗见深，宠任汪直，

领事西厂，屡兴大狱。

孝宗祐樘，宠任李广，

权侔人主，臣心惶惶。

武宗厚照，宠信刘瑾，

掌管三厂[2]，斥逐大臣。

忠正贤良，冒死奏章，

难回君心，反蒙祸殃。

世宗在位，崇奉道教，

终日斋醮，不予视朝。

奸相严嵩，代权当道。

北方鞑靼，趁机南掠，

东南倭患，愈加猖獗。

神宗初位，少小童男。

张氏居正，当国十年。

革除弊政，裁汰冗员。

重用戚军[3]，扫寇靖边。

"一条鞭法"[4]，推行全国，

起衰复苏，为之大变。

张居正卒，迅速逆转。

夺其勋爵，籍没家田。

神宗主政，改革废止，

二十余年，怠荒朝事。

党争党议，大行冤狱。

塞外满族，悄然兴起。

努尔哈赤，仰天而嘘：

"明朝不亡，断无天理。"

熹宗昏愚，听信乳母。

复宠内监，魏氏忠贤。

二人为奸，揽政专权，

血雨腥风，恶迹盈天。

大明元气，戕毁欲断。

末代国主，思宗由俭，

客魏虽除，积重难返，

殚竭其力，一十七年，

欲挽危局，元可回天，

大顺围城，洒泪煤山。

[注释]

[1]三营：指明京军三大营，五军、三千、神机。

[2] 三厂：指东厂、西厂和内行厂，为明专门从事特务活动的官署，权重势威，
　　　诸事可直接报告皇帝。

[3] 戚军：抗倭名将戚继光领导的军队，世称戚家军。

[4] 一条鞭法；简称"条编法"，"总赋法"。其主要内容为清丈土地，简化税制，
　　　由实物税转入货币税，是中国田赋制度的重大改革。曾受到当时豪强地主的
　　　大力阻挠。

（七七）满族兴起

满族前身，是为女真。

完颜所部，南迁建金。

金国沦亡，臣属元明。

建州女真，部族尤盛。

爱新觉罗，努尔哈赤，

统一同族[1]，推为首领。

大明万历，四十四年，

努尔哈赤，自称大汗，

立国大金，史称后金，

定都兴京[2]，纪元天命。

整编民户，制定法律，

创制文字，改军八旗[3]。

其时明廷，党争复起，

三次战争[4]，国库亏虚。

四出刮民，民不保生，

聚众闹事，南北不宁。

天命三年，后金起兵，

袭破抚顺，公开反明。

明军十万，进攻兴京。

萨尔浒城[5]，两军会战，

明军惨败，损兵过半。

天命十年，后金迁都。

新都沈阳，改称盛京。

努尔哈赤，举兵攻明，

宁远战役，身负重伤，

急忙退兵，死于瑷阳[6]。

子皇太极，继承父位，

是为太宗，纪元天聪。

天聪元年[7]，复攻宁远。

守辽明将，袁氏崇焕，

击退金兵，但被撤免。

熹宗病亡，思宗继位，

是为崇祯，起贤用袁。

崇祯二年，后金攻明，

绕道北口，越过长城，

攻陷遵化，进军北京。

袁率大军，南下救援。

后金设计，进行反间。

崇祯中计，处死崇焕。

金克永平，滦州迁安。

崇祯起用，孙氏承宗。

金军败北，还归盛京。

孙氏革职，饮恨而终。

天聪十年，女真改满[8]，

改国大清，称帝废汗。

崇德元年[9]，清军攻明，

突入喜峰，攻克昌平。

时隔二年，复入山东，

掠后北撤，一路从容。

洪氏承畴，蓟辽总督，

防守关外，坐镇锦州。

崇德六年，清军攻锦。

锦州沦陷，承畴被擒，

辱命降清，屈节事人。

同年清军，再次南掠，

连破通州，迁安三河。

复取蓟州，直下山东。

数十州县，一扫而空。

明朝降将，清尤优礼，

专为组建，汉军八旗。

崇德八年，皇太极崩。

福临继位，是为顺治。

[注释]

[1] 同族：这里指海西女真和东海女真。

[2] 兴京：原赫图阿拉。

[3] 八旗：努尔哈赤创立。以7500人为一旗，以黄、红、蓝、白、镶黄、镶红、镶蓝、镶白作为旗的标识。旗的首领由努尔哈赤的子侄充任。

[4] 三次战争：第一次，鞑靼反明，明军征讨，六年方定；第二次，日本侵略朝鲜，明军赴援，六年平息；第三次，播州（今贵州省遵义市）土官叛明，明军讨伐，六年结束。

[5] 萨尔浒城：今辽宁省抚顺市东。

[6] 瑷阳：即瑷阳堡。

［7］天聪元年：公元1627年，明熹宗朱由校天启七年。

［8］女真改满：改建州为满洲，改女真族为满族。

［9］崇德元年：崇德，爱新觉罗·皇太极称帝后年号；崇德元年即公元1636年。

（七八）闯王灭明

崇祯二年，陕西灾荒。

赤地千里，饿殍枕藉。

官逼税租，一如既往。

激成民变，纷纷揭竿。

高氏迎祥，自称"闯王"，

招纳饥民，组织武装，

攻取州县，破仓放粮。

同年寒冬，明军换防，

起自甘肃，行至榆中，

求发军饷，惨遭毒刑。

年轻军士，李氏自成，

生于米脂[1]，穷苦家庭，

怒杀领军，扯旗反明，

投奔闯王，公称"闯将"。

闯将治军，纪律严明，

秋毫不犯，屡立战功。

众望所归，闯王器重。

其时义军，山头林立，

各自为战，离心离力。

高闯牵头，会商荥阳。

闯将提议，"分兵定向"。

摇篮曲

崇祯九年，闯王战死。
众推闯将，袭称闯王。
新王率军，转战陕川，
梓潼战败[2]，隐伏商洛。
蓄力二年，闯王出山，
发展义军，超过百万。
义军口号，"贵贱均田"。
攻破洛阳，克取襄阳，
改城襄京，改号顺王。
复取潼关，再克西安，
立国大顺，建元永昌。
同年渡河，直下北京，
势如破竹，进占外城。
崇祯由检，仰首长叹，
恨无名将，想起崇焕，
退敌元策，力屈难挽，
以死殉国，自缢煤山。
之后南明，四代皇权[3]，
无所作为，一十八年。
史可法者，扬州殉难，
克尽臣节，竹帛相传。
明朝灭亡，痛失江山。
农民风暴，卷地扬天。
载舟覆舟，至理之言。

[注释]

[1] 米脂：今陕西省米脂县。

［2］梓潼：县名，在四川省北部。

［3］四代皇权：明灭亡后，福王朱由崧于南京称帝，公元1645年夏为清灭；同年
　　　唐王朱聿键在福州称帝，鲁王朱以海在绍兴出任监国，均为清灭；公元1646
　　　年永明王朱由榔在广东肇庆称帝，存十五年，为清灭。

（七九）清军入关

名将三桂，戍守榆关[1]。

南临渤海，北依角山。

交通要冲，长城起点。

北京被围，带兵增援，

行至丰润，京城沦陷。

其父吴襄，劝降修函。

归附大顺，以应使官。

复派随员，入京打探。

宠姬陈沅[2]，掠入顺军。

追赃索饷，其父未免。

冲冠一怒，投清献关。

顺王进京，接管江山。

农民风暴，闪电政权。

先天不足，后天成患。

军政失策，内添腐变。

三桂降清，顺王盛怒，

亲率大军，进逼榆关。

榆关将近，两军接战，

吴兵大败，掉头鼠窜。

清军杀出，海沸河翻。

明清皇朝

顺王无备，阵势大乱，
仓促撤军，边退边战。
清军猛追，大举入关，
势如破竹，降将在前。
顺王人马，退至京城。
匆促称帝，举行庆典。
次日离京，逃往西安。
清军入京，顺治内迁。
西攻大顺，南下江南。
大顺至此，日落云散。
潼关失守，再退通山[3]，
遭敌阻击，顺王殉难。
余部抗清，二十余年。
其时南明，精甲利兵，
近乎百万，尚可抗衡。
先后四帝，志短才薄，
愒日玩岁，无所作为。
清定南方，借重降将，
开路前锋，吴孔尚耿[4]；
主宰战局，汉人八旗。
顺治四年，靖边治乱。
蒙古赤斤，喀尔喀部，
相继奉贡，宣示臣服。
西藏达赖，进献方物。
圣祖康熙，二十二年，
遣军渡海，平定台湾。
完整版图，一统江山。

[注释]

◇————————————

[1] 榆关：山海关。

[2] 陈沅：陈圆圆，吴三桂的爱姬。

[3] 通山：县名，在湖北省东南部。

[4] 吴孔尚耿：即吴三桂（清封平西王）、孔有德（清封定南王）、尚可喜（清封平南王）、耿仲明（清封靖南王）。以上皆降清明将。

（八〇）清朝盛世

顺治八年，福临亲政。

国家初创，百业待兴。

重用汉官，平定南明。

发政施仁，安抚百姓。

英年早逝，玄烨嗣位。

是为康熙，时年八岁。

四臣辅主[1]，佐理政务。

鳌拜弄权，欺老藐幼。

玄烨亲政，智除权奸。

整饬吏治，惩贪扬廉。

运筹帷幄，力平三藩[2]。

重用施琅，收复台湾。

三次亲征，平噶尔丹。

进军拉萨，立碑纪念。

沙俄魔爪，伸向东北。

抢掠边民，强行征税。

清军反击，两军交锋，

干戈所指，雅克萨城。

沙俄惨败，九死一生。

两国谈判，尼布楚城。

划定边界，条约[3]签订。

边境百年，兵革未兴。

康熙掌政，六十一年。

殚心竭力，去危就安。

天下粗治，焕然河山。

谓为英主，世代相传。

康熙崩逝，胤禛嗣位。

是为雍正，天表奇伟。

勤于政事，一日万机。

善于用人，不拘成例。

清查亏空，振刷吏治。

国家财政，升至极盛。

一十三年，雍正暴卒。

弘历继位，是为乾隆。

乾隆在位，六十年中，

早期图治，康雍并称。

三代百年，文治武功。

江山大治，实现鼎盛。

清朝疆域，四界形成[4]，

幅员辽阔，人杰地灵。

今日国土，乃清奠定。

乾隆后期，奢靡成风。

六下江南，四谒祖陵，

五游五台，曲阜祭孔，

告诣嵩山，数不胜数。

地方官员，投其所好，

大筑行宫，拍马逢迎。

横加勒索，民负加重。

上下官僚，追求享乐，

吏治大坏，赃吏如草。

权臣和珅，尤受宠信。

贪污纳贿，独步古今。

清朝国运，由盛转衰。

貌似殷富，实已破败。

内忧外患，纷至沓来。

[注释]

[1] 四臣：指索尼、苏克萨哈、遏必隆和鳌拜。

[2] 三藩：指明朝降清将领吴三桂（封平西王，据云南）、尚可喜（封平南王，据
广东）、耿仲明（封靖南王，据福建）。

[3] 条约：指中俄尼布楚条约。条约规定，以外兴安岭至海、格尔必齐河和额尔
古纳河为中俄两国的国界，确认了黑龙江和乌苏里江流域都是中国的领土。
中国将尼布楚割让给俄国。

[4] 清朝疆域，四界形成：西到巴尔喀什湖和葱岭，北到唐努乌梁海，东北到外
兴安岭、库页岛和鄂霍次克海，东到台湾诸岛屿，南到南沙群岛。

（八一）西人东来

西方列强，海路东来，

以武经商，始于明代。

葡萄牙人，商船数艘，

首至中国，不准登陆。

强占屯门[1]，遭遇驱逐。

便施贿赂，买通官署。

租住澳门，开辟商埠。

私立武装，霸田占土。

官署肚明，视若无睹。

西班牙人，步葡后尘，

通商占地，指定厦门。

天启六年[2]，登陆台湾，

强占基隆，以为口岸。

荷兰商船，继西而来。

袭占澎湖，掠夺沿海。

入侵台湾，安平筑塞。

荷西两国，争夺基隆，

兵戈相加，荷兰取胜，

占领台湾，征税铸兵。

直至顺治，一十八年[3]，

郑氏成功，收回台湾。

康熙灭郑，荷军相助，

因得特许，通商广东。

崇祯十年[4]，英人来华，

率船四艘，开赴广州，

强占虎门，为明驱逐。

康熙九年[5]，准英上岸，

厦门通商，广州设馆。

乾隆后期，由盛转衰，

财殚力竭，官场腐败，

昔日繁华，了然不再。

英货在华，转输鸦片，

逐年增加，全国泛滥。

法美与俄，相继而至，

鸦片走私，易发难制。

道光元年[6]，号令禁烟。

国外列强，内地毒贩，

相互勾结，狼狈为奸，

重贿官吏，动用炮舰，

烟毒未抑，反长凶焰。

禁令屡颁，视有若无，

道光皇帝，进退维谷。

爱国官员，有识之士，

接踵而起，强声呼吁：

烟不禁绝，亡国在即。

道光旻宁，反复权衡，

外祸日张，局势日重，

江山难保，皇位必倾。

查禁鸦片，决心大定。

[注释]

◇────────────

[1] 屯门：今中国香港屯门区。

[2] 天启六年：公元1626年。

[3] 一十八年：公元1661年。

[4] 崇祯十年：公元1637年。

[5] 康熙九年：公元1670年。

[6] 道光元年：公元1821年。

（八二）鸦片战争

道光中期，烟毒泛滥，

银荒兵弱，国步维艰。

湖广总督，名林则徐，

上奏道光，禁烟之急。

道光准奏，命其查理。

林达广州，严拿烟贩；

追索贪贿，惩办赃官；

限令外商，交出鸦片。

计缴烟土，百万公斤，

己亥[1]六月，销烟虎门。

英于次年，挑起战端，

出动士兵，动用军舰。

进抵珠江，试图登岸。

林于广东，严密布防。

英军见状，于是北上。

七月之初，攻陷定海。

八月进犯，大沽炮台。

道光闻报，亡魂丧胆，

罢免则徐，派遣琦善[2]，

前往广州，与英谈判。

琦善至广，一意孤行，

撤除海防，解散水勇。

英军乘虚，突袭虎门，

沙角大角[3]，陷落英军。

次年之初，谈判议和，

琦善一味，讨好英国，

擅自同意，《穿鼻草约》[4]。

道光闻奏，锁拿琦善。

宗室重臣，名曰奕山[5]，

受命赴粤，指挥作战。

中英二月，战于虎门。

水师提督，名关天培，

孤军奋战，为国捐身。

奕山四月，抵达广州，

重在防民，不作防寇。

五月将尽，英攻广州，

由城西北，实施登陆。

奕山避战，城下乞和，

与英订立，《广州和约》。

赎城赔款，六百万元。

八月下旬，英军北上，

攻破厦门，占据鼓浪。

十月之初，攻陷定海。

定海三总[6]，皆死沙场。

十月中旬，镇海陷落，

两江总督，裕谦殉国。

英军乘胜，旋取宁波。

清遣奕经[7]，赴浙抗英，
　败兵折将，损失惨重。
英军六月，攻击吴淞。
炮台守将，陈姓化成，
孤军奋战，壮烈牺牲。
宝山上海，为英占领。
英军舰队，溯江西上。
七月中旬，攻陷镇江。
八月进抵，南京下关。
道光至此，无心再战。
遣派代表，与英讲和，
忍痛签订，《南京条约》。
割让香港，五口通商[8]，
　赔款银圆，两千余万。
次年签订，条约附件。
美法两国，视华软弱，
咄咄进逼，与其签约。
中美订立，《望厦条约》[9]，
　在华特权，优于英国。
中法订立，《黄埔条约》[10]，
　在华特权，优于美国。
禁烟之战，以败告终，
败于软弱，失之无能。
泱泱中华，亿万生民，
大国地位，荡然无存。

[注释]

[1] 己亥: 即清道光十九年, 公元1839年。

[2] 琦善: 满洲正黄旗人, 直隶总督。鸦片战争时任钦差大臣负责与英谈判。反对禁烟, 为投降派首领之一。

[3] 沙角大角: 指虎门外的两处炮台。

[4]《穿鼻草约》: 1841年1月, 钦差大臣琦善私自与英国代表义律谈判的卖国协定（未正式签字）。主要内容有割让香港, 开放广州, 赔款六百万元等。后来为广东巡抚怡良揭发。道光帝随即下诏将琦善逮捕问罪。清政府未承认此条约。

[5] 奕山: 爱新觉罗氏, 道光帝侄。1841年由御前大臣出任靖逆将军到广州主持军务。

[6] 定海三总: 指定海总兵葛云飞、处州总兵郑国鸿、寿春总兵王锡朋。

[7] 奕经: 爱新觉罗氏, 道光帝侄。1841年冬由协办大学士出任扬威将军, 赴浙江主持战事。其一路饮酒作乐, 视军机如儿戏。1842年3月在准备不足的情况下, 从绍兴分三路进攻镇海、定海、宁波, 遭惨败。此后主张投降。

[8] 五口通商: 指开放广州、上海、宁波、厦门、福州为通商口岸; 准许英国在五处通商口岸派驻领事; 海关税率须经双方议定。

[9]《望厦条约》: 即《中美五口贸易章程》。1844年7月3日在澳门附近的望厦村签订。共三十四款, 并附《海关税则》。美国获得英国在华既得的全部特权外, 并有所扩大。如可以在通商口岸传教, 派兵到中国各港口巡查等。

[10]《黄埔条约》: 即《中法五口贸易章程》。1884年10月24日在广州黄埔签订。共计三十六款, 并附《海关税则》。法国除得到英美在华特权外, 还取得了在通商口岸建造教堂等权力。

（八三）太平天国

禁烟之战，英国取胜。

走私鸦片，愈发猖行。

支付赔款，暴珍百姓。

民困财匮，怨声沸腾。

道光旻宁，节俭一生，

外耻未雪，内患未靖，

饱含屈辱，饮恨而终。

咸丰奕詝，登基亲政。

元年之春，广西大饥，

桂平一带，饿殍枕藉。

洪氏秀全，创教"上帝"，

广西布教，教徒万计。

六月夏日，一声传唤，

万千信徒，齐聚金田，

组编军队，起事造反。

树帜建号，太平天国，

自称天王，攻陷永安[1]。

清军围剿，北走阳朔，

攻破全州，进入湖南。

夺取长沙，久攻不下。

引军北上，攻陷武昌。

沿江而东，占领江宁[2]。

改称天京，定为都城。

颁布新法[3]，有田同耕。

天王三年[4]，北伐西征。

北伐大军，途经四省[5]，

攻击天津，时已严冬，

缺衣断粮，南撤山东。

西征部队，沿江而上，

勇猛直进，汉口洛阳。

转入湖南，遭遇湘军，

军事受挫，退走九江。

翼王[6]增援，气势大壮，

再战湘军，云起龙骧，

湘军大败，仓皇遁亡。

西征部队，胜利返京。

先后击溃，清军两营。

太平天国，转入全盛。

天王六年，盛衰拐点，

领导高层，挟势弄权，

宗派之争，浮出水面，

公开分裂，刀枪相见。

东王逼宫[7]，北王暴乱[8]，

翼王出走[9]，危机毕现。

清军反扑，天京势险。

天王提拔，青年才干。

陈氏玉成，李氏秀成，

破格为将，勇挑重担。

天王八年，陈李合兵，

一举破灭，清军北营。

并败湘军，占领舒城。

天王十年，奇袭杭州，

回军击溃，清军南营。

乘胜东进，其疾如风，
江浙大部，皆归掌控。
湘军主力，夺取安庆。
小将玉成，庐州殒命。
咸丰十年，借洋平乱，
英美法俄，踊跃参战。
清廷任命，曾氏国藩，
两江总督，节制军务。
曾变战略，重新部署：
湘军一路，曾氏国荃，
师出安庆，进攻天京；
湘军二路，左氏宗棠，
师出江西，进攻浙江；
淮军三路，李氏鸿章，
师出上海，进攻苏常。
太平天国，相继失利，
天京将破，天王殉国。
洪氏秀全，农民政权，
外抗侵略，内反封建。
坚持斗争，一十四年。
虽败犹荣，可歌可叹。

[注释]

[1] 永安：今广西壮族自治区蒙山县。

[2] 江宁：今南京。

[3] 新法：即《天朝田亩制度》。

[4] 天王三年：公元1853年，也是咸丰三年。

摇篮曲

［5］四省：指江苏、安徽、河南、山西。

［6］翼王：即石达开。金田起义后任左军主将。

［7］东王逼宫：指公元1856年8月，东王杨秀清逼洪秀全封他为"万岁"。

［8］北王暴乱：指洪秀全密召北王韦昌辉带兵回天京诛杀杨秀清。韦乘机杀害杨
秀清全家及部下二万多人，独揽军政大权。

［9］翼王出走：指翼王石达开因责备韦滥杀，韦又要杀石达开。石逃至安徽安庆，
起兵讨伐韦昌辉。天京官兵将韦昌辉杀死。1857年6月，石达开因洪秀全对
他不信任离开天京独立作战，1863年在四川省大渡河被清军包围，全军覆没。

（八四）第二次鸦片战争

咸丰六年[1]，中秋九月，

中国船只，名唤亚罗，

偷载海盗，广州停泊。

中国水兵，奉命搜捕。

英人赶至，强行拦阻。

悍然发兵，攻破广州，

大肆抢劫，杀害无辜。

咸丰七年，孟冬时候，

英法联军，再陷广州。

叶氏名琛，两广总督，

私事纠缠，不作战守，

城破被俘，死于印度。

翌年联军，攻陷大沽，

逼近天津，威胁京都。

清廷派员，赴津乞和，

分别四国，英法美俄，

逐一订立,《天津条约》。

鸦片在华,贸易合法。

增开口岸[2],军事赔款[3]。

沙俄兵船,驶至瑷珲,

宣示边界,以武相吓。

清廷惧战,屈从订约[4],

黑龙江北,外岭[5]以南,

六十余万[6],为其割占。

咸丰十年,九月下旬,

英法联军,攻陷天津。

咸丰大骇,遁避热河,

遣派钦差,与洋乞和。

联军北犯,洗劫皇园[7],

抢掠罄尽,而后火焚。

三百国人,火海葬身。

十月下旬,英法及俄,

与清订立,《北京条约》。

割让九龙,给予英国。

乌苏里江,以东国土,

四十余万,割让与俄。

咸丰皇帝,客死热河。

直至病死,不减淫乐。

载淳继位,黄口少年。

祺祥政变[8],慈禧垂帘。

中俄两国,西部谈判,

俄方提出,划界方案[9]。

要挟清方,不得改变。

西北界约[10],被迫划签。

巴尔喀什，湖东湖南，

四十四万，为俄强占。

[注释]

[1] 咸丰六年：公元1856年。

[2] 增开口岸：指增开通商口岸十处，为牛庄（后改营口）、登州（后改烟台）、
台湾（台南）、淡水、潮州（后改汕头）、琼州、汉口、九江、南京、镇江。

[3] 赔款：指中英、中法《天津条约》约定，中国对英国赔款银四百万两，对法
国赔款银二百万两。

[4] 订约：中俄《瑷珲条约》。

[5] 外岭：外兴安岭。

[6] 六十余万：指六十余万平方公里。

[7] 皇园：指圆明园、清漪园、静明园、静宜园、畅春园。

[8] 祺祥政变：指载淳生母慈禧太后勾结恭亲王奕䜣，废除辅政大臣，垂帘听政，
将载淳年号祺祥改为同治，史称祺祥政变。

[9] 划界方案：俄方提出的方案。即中俄西段边界，自沙宾达巴哈山口起，到浩
罕边界为止。

[10] 西北界约：《中俄勘分西北界约记》。

（八五）边疆危机

鸦片战争，时战时和，

持续数年，签约损国。

西方黑手，得陇望蜀。

中国边疆，危机四伏。

美占台湾，早有野心，

同治六年^[1]，兴兵入侵，

登陆恒春，抢掠杀人。

高山民族，击鼓鸣金，

迎头厮杀，逼退美军。

同治末年，日本舰船，

三千士兵，入侵台湾。

台湾人民，凭险迎战，

迫使日军，进退维艰。

美英两国，出面调停，

清廷赔银，日本撤兵。

光绪元年^[2]，英侵云南。

边防军民，将其驱赶。

英国代表，借口滇案，

以战相吓，无理逼索，

于是签订，《滇案条约》^[3]，

同治四年，中亚浩罕^[4]，

出兵新疆，掠取地盘。

天山南北，为其所占。

沙俄趁机，占领伊犁。

英国势力，接踵而起。

新疆之重，边塞藩篱，

国防要冲，必争之地。

保卫新疆，时不我与。

光绪元年，左氏宗棠，

统帅湘军，三路入疆。

收复和田，乌鲁木齐。

清廷惧怕，与俄开战，

收复伊犁，传旨放缓。

派员讨要，沙俄拒交。

于是签订，《伊犁条约》。

伊犁虽归，破壁残垣，

但其西境，却被割占。

之后勘界，数次谈判，

割占国土，计超九万[5]。

英俄两国，私自立约，

帕米尔区，为其分割。

光绪十年，六七月间，

法国军舰，登陆台湾，

台湾守军，奋勇抵御，

毙死百敌，将其驱离。

法军受挫，转攻福州。

福建水师，"洋务"产物，

新型炮舰，一十一艘。

仓促应战，九艘沉没。

翌年法军，北犯镇南[6]，

冯老子材，持矛当先。

全军感奋，白刃近战。

法军惨败，死伤过半。

相继收复，文渊谅山。

大捷声中，清廷议和，

天津缔结，《中法新约》。

共计十款，款款卖国。

法入云桂，打开通道。

明清皇朝

225

[注释]

◇————————————

[1] 同治六年：公元1867年。

[2] 光绪元年：公元1875年。

[3]《滇案条约》：即《中英烟台条约》或《芝罘条约》。其中内容有：英国人可以从北京出发，经甘肃、青海或四川入西藏，转赴印度，或由印度入西藏。英国将派员到云南调查，准备商定云南和缅甸之间的边界及通商章程。

[4] 中亚浩罕：即中亚的浩罕汗国。其国军官阿古柏乘中国新疆纷乱之机，率军侵入喀什噶尔。至1870年，阿古柏占据了天山南北的大部分地区。

[5] 九万：九万平方公里。

[6] 镇南：今广西友谊关。

（八六）中日战争

十九世纪，昔在中叶，

岛国日本，兵连祸结。

美用武力，打开国门，

英荷俄法，伺机跟进。

国步阽危，遍体伤痕。

天皇睦仁，明治维新，

修宪改革，富国强军，

对外扩张，国策国魂。

甲午年春，朝鲜内乱，

请求清廷，派兵镇反。

日军两万，抢先入朝，

占据要地，汉城仁川。

清军两千，迟迟吾行，

开进牙山，乱事已平。

建议日军，撤出朝鲜。

日军拒撤，阴谋毕见。

清廷七月，租船高升[1]，

上载援军，一千余名。

济远广乙，操江三舰，

全程护送，驶往牙山。

舰船进入，丰岛海面。

日舰多艘，列阵封堵。

济远脱逃，操江被掳，

广乙受创，高升沉没。

之后四天，日攻牙山。

中日双方，正式宣战。

牙山之战，清军不利，

敌众我寡，四面受敌。

放弃牙山，退守平壤，

等待援军，再行反击。

九月十五，日攻平壤，

清军弃城，遁入国境。

朝鲜全土，为日占领。

北洋军舰，一十二艘，

护送援兵，至大东沟。

九月十七，舰队返航。

行至沟南，遭遇日舰。

一十二艘，向我开战。

黄海之战，实力相当。

日舰五艘，遭受重创。

舰长以下，六百死伤。

摇篮曲
◇

中方三舰，中弹沉没，
二舰自毁，近千阵亡。
战后舰队，转港威海。
威海卫城，渤海门户。
北洋水师，提督衙署。
为保实力，避战不出。
十月下旬，日军一路，
越过界江，占领安东。
日军二路，花园登陆，
进占旅大，控制海口。
日军战舰，二十五艘，
炮轰登州，牵制莱州。
陆军二万，荣成登陆。
战略抄袭，威海后路。
海军封锁，威海港口。
北洋舰队，危机四伏，
请示出战，拒不准奏，
陷于港内，无从措手。
日军攻击，南岸炮台。
守台官兵，浴血奋斗。
分统逃跑，炮台失守。
北岸炮台，次日全丢。
提督汝昌[2]，不顾上命，
存亡关头，组织反攻。
重炮击沉，敌舰两艘。
定远来远，威远靖远，
实施突围，相继沉没。
鱼雷快艇，一十二艘，

突围未果，全部被掳。

所余军舰，一十一艘，

大量军械，皆被掠走。

北洋舰队，全军覆没。

威海卫城，落入敌手。

乙未二月，日军三路，

连克牛庄，田庄营口。

辽东陷落，与日谈和。

权臣鸿章，马关签约。

条约内容，一十三款。

割让国土，辽东台湾。

[注释]

[1] 高升：指高升号运兵船，为英国所有。

[2] 汝昌：即丁汝昌，时任海军提督。

（八七）百日维新

甲午战争，唤醒民众。

资产阶级，应运而生。

康梁严谭[1]，改良一族，

变法维新，拉开序幕。

察其原始，公车上书。

未达清廷，东拦西阻。

康氏有为，维新领袖，

欲罢不能，连续上书。

保守势力，慈禧为首，

不放国柄，心狠手毒。

光绪亲政，徒有虚名。

康氏无奈，另辟蹊径，

组织学会，创办刊物，

激发民众，大声疾呼。

改良思想，逐渐成熟。

变法核心，君主立宪。

强化民权，冲决封建。

德占胶州，康再上书，

请求皇帝，亲自统筹。

光绪暗喜，天赐良机，

借助变法，摆脱慈禧。

任命有为，总署章京，

上奏议事，主管新政。

谭刘杨林[2]，进入军机。

戊戌巳月，光绪颁诏。

"明定国是"，变法开始。

新法内容，涉及广泛。

改革政府，裁汰冗员。

兴办工矿，鼓励科研。

开放言论，准办报刊。

关键未列，君主立宪。

议会制度，避而未谈。

保守势力，沆瀣一气，

公开对抗，毫无顾忌。

地方官员，教人感叹，

支持新政，唯有湖南。

慈禧密令，亲信荣禄，

统领军队，控制京津，

警示光绪，不可逾分。

光绪密谋，借助袁兵，

铲除荣禄，确保政通。

袁世凯者，军中后勤，

觐见光绪，"万言条陈"[3]，

光绪大悦，爱不自禁。

入驻天津，督练新军。

不负众望，深受信任。

升迁工部，军界重臣。

谭嗣同者，领命说袁，

勤王护法，以防突变。

袁氏欣允，表示相助。

转身告密，慈禧出手。

囚禁光绪，抓捕要员。

废除新政，重新垂帘。

康梁二人，逃离国门。

谭嗣同等，六人[4]捐身。

百日维新，来去匆匆。

五四前奏，思想启蒙。

一叶竹帛，千古鼎重。

[注释]

[1] 康梁严谭：指康有为、梁启超、严复、谭嗣同。

[2] 谭刘杨林：指谭嗣同、刘光第、杨锐、林旭。

[3] 万言条陈：指袁世凯入京觐见光绪帝时提交的改革纲领，其中有储才九条，

理财九条，练兵十二条，交涉四条。光绪帝非常欣赏。

[4] 六人：指谭嗣同、刘光第、杨锐、林旭、杨深秀和康广仁。

（八八）义和运动

甲午战后，破家危国。

大国小国，操刀必割。

英于上海，划界租地，

名曰租界，开创先例。

美法两国，朝闻暮习。

德俄与日，接踵而起。

租界之制，迅速扩张。

广州福州，厦门镇江。

重庆汉口，芜湖苏杭。

余不悉数，满目疮痍。

继之而来，划分势域，

倾销商品，办厂采矿，

修筑铁路，开设银行。

美国政府，照会列强，

在华实行，"门户开放"[1]。

民众奋起，反清反帝，

练拳结社，风行鲁豫，

号称义和，声势洋溢。

清朝政府，始为剿锄，

后曰合法，改剿为抚。

民团扩张，京津直隶。

驱逐教士，烧毁教堂。

树帜立号，"扶清灭洋"。

英美法德，奥意日俄，

施压清廷，剿杀义和。

组军二千，北犯京师。

行至廊坊，团民拦击，

清军参战，联军遁迹。

八国公使，再行会商，

攻打天津，威胁京师。

清军迎击，战事失利。

慈禧太后，携帝光绪，

仓皇西逃，风声鹤唳，

至达西安，恍惚未已。

庚子八月，北京陷落。

联军在京，烧杀抢掠。

次年签订，《辛丑条约》^[2]。

议和告成，慈禧返京，

八抬大轿，前呼后拥，

仿佛凯旋，率土同庆。

义和团民，退向农村。

跟踪追杀，不漏一人。

清廷沦为，外强走狗，

断送中国，愈发难收。

全国人民，冰水浇头。

［注释］

[1] 门户开放：当列强在华争夺势力范围时，美国正与西班牙竞夺菲律宾，故未取得在华势力范围。1899年，美国宣布在华实行"门户开放"，即开放列强的租借地及势力范围，使美国也享有均等的利益和机会。

[2] 《辛丑条约》：亦称《北京议定书》或《辛丑各国和约》。公元1900年（光绪二十六年）八国联军攻占北京。12月22日，英、美、俄、德、日、奥、法、

明清皇朝

意、西、荷、比等十一国公使联合提出"议和大纲"十二条。翌年九月清政府全部接受并签订《辛丑条约》，共十二款，附件十九件。其主要内容有：中国赔款银四亿五千万两，分三十九年还清，年息四厘，本息折合九亿八千多万两，以海关税、常关税和盐税作抵押；将东交民巷划为使馆界，界内有各国驻兵管理，中国人概不准居住；拆毁大沽炮台及有碍京师至海通道之各炮台，外国军队驻扎在北京和从北京到山海关沿线的十二个重要地区；永远禁止中国人民成立或参加"与诸国仇敌"的各种组织，违者处死；清政府惩办首祸诸臣等。清政府完全成为帝国主义统治中国的工具。

（八九）辛亥革命

日俄战争[1]，战场辽河，

分赃东北，清廷认可。

至矣尽矣，国将不国，

救亡图存，四方烽火。

资产阶级，民主革命，

孙氏中山，创会同盟。

建立机构，制定纲领[2]，

三民主义[3]，由此产生。

同盟会员，数次起义，

皆因力薄，导致失利。

广州起义，震撼国民，

殉难烈士，七十二人，

黄花岗前，英魂长存。

辛亥八月，武昌起义，

蒋翊武者，指挥发起。

次日成立，湖北军府，

黎氏元洪，推为都督。

宣布建立，"中华民国"。

终结大清，废除宣统。

民国肇生，清廷大骇，

急忙召回，袁姓世凯。

封官挂印，湖广总督，

武汉镇反，兵贵神速。

袁不发兵，清廷再封，

内阁总理，掌控军政。

袁率人马，进攻江城，

收复汉阳，按甲寝兵。

借口置粮，返回京城。

重组内阁，架空清廷。

江浙义军，乘机出兵，

十月中旬，占领南京。

下旬开始，南北议和。

次月六日，中山回国。

各省代表，齐聚南京，

选举中山，临大总统。

[注释]

[1] 日俄战争：光绪三十年腊月（公元1904年2月），日本和俄国为重新分割东北而
进行的战争，以俄国失败而结束。在美国调停下于次年缔结分赃条约，其中规定
俄国将旅大租借地、长春至大连的铁路及其他权益"转让"给日本。清廷在战争
爆发时宣布"中立"，把辽河以东划作战场，并战后承认《日俄条约》的规定。

[2] 纲领：即中国同盟会纲领。内容是"驱除鞑虏，恢复中华，建立民国，平均
地权"。

[3] 三民主义：即民族、民权、民生。

（九〇）宣统退位

光绪慈禧，相继辞世。

三岁溥仪，金殿称帝。

年号宣统，载沣摄政。

宣统三年，武昌革命，

袁氏世凯，率兵江城。

镇压起义，气势汹汹。

收复汉阳，还军江北。

高压架势，无坚不摧。

革命军府，岌岌可危。

英国公使，出面斡旋，

南北双方，同意和谈。

辛亥十月，二十八日，

地点上海，谈判开始。

争议焦点，国家政体。

南方共和，北方立宪，

互不让步，徘徊不前。

军府内部，形势逆转，

保守势力，改弦拥袁。

袁不倒向，议和中断。

民国元年，一月一日[1]，

共和政府，宣告成立，

中山总统，南京就职。

袁氏世凯，气急败坏，

扬言用兵，黑云压城。

中山元奈，发表声明，

赞同共和，让出总统。

二月十二，袁氏逼宫。

溥仪退位，终结帝政。

并于次日，通电全国，

中华国体，实行共和。

中山先生，让出国柄。

二月十五，改选总统，

袁氏当选，长夜难明。

[注释]

[1] 民国元年一月一日：即公元1912年1月1日（农历辛亥年十一月十三日）。

明清皇朝

后　记

步入古稀之年，我常想为社会留点什么。

我决定用诗歌写一部历史题材的书。因为我喜欢历史，同时也喜欢诗歌。

退休后，我形同一叶小舟在历史的长河中漂荡了十几年。机遇给了我充足的时间，让我细细品味中华五千年来的兴衰演变。我仿佛从古代走来，看到古代人民对清明政治的向往，对政治昏暗的痛恨，对社会动乱、国家分裂、国土丧失的感伤，同时我也从古人在历史担当中感悟到今人应负的社会责任。

当然，十几年的时间是短暂的。中国的历史典籍浩如烟海，我所读过的不足九牛一毛，怎敢舞文弄墨？是的，我选择了一条最古老的路。

我知道四言句式的诗歌是中华最古老的诗歌，《诗经》就是以四言句式为主。四言古诗语言朴素，音节自然，特别是赋、比、兴的表现手法，尤为历代诗家所赞誉。四言诗歌经历了一千多年，至曹魏发展到最高峰，但终因句式的局限性而为五言所代替。我怀着好奇和兴趣，决心尝试一回。我认为即使失败了也是值得的。

用四言长篇叙事，不论描述人物形象还是故事情节，都有超高的难度，特别是音韵。我确实为自己捡了块烫手的山芋。我像一只贪腥的蚂蚁，抱着一根骨头啃了几年，终于啃下来了。当我写完最后一篇的时候，真有江郎才尽的感觉。

叙事诗自然要偏重叙事，但纯粹叙事则乏味无穷。纵观历史名作，无不因借事抒情，以情叙事为后人称道。由于多种原因，特别是个人地理知识和历史知识的局限性，直接影响了叙事与抒情。这不得不说是我最大的遗憾。

写诗也是练字。一首诗歌，表面上看是用字，深藏背后的是学养基础。用字精准，富有音乐感是诗歌写作的起码要求。写到这里，我特别要感激中国著名美学家、恩师李丕显先生，是他在"文革"中鼓励我读了许多书，我曾经熟记成语词典和构词字典。那时的积累和投入，为这次写作提供了勇气和信心。毕竟自己的学历低，古汉语基础薄弱，在故事铺陈、情节渲染等方面缺少文字功夫，更做不到惜墨如金。

　　我一直认为自己缺乏诗歌创作的灵性，更缺乏诗歌创作的艺术手段，两种缺陷直接影响了作品质量。虽经恩师李老的跟踪指导，仍有许多章节存在粗制滥造之嫌。尽管如此，我还是喜欢这部著作。我在充满希望中开始，又在孜孜追求中结束。它是我用心血培育成的果，我的人生态度、思想情感和民族情结都融入了这部书里。我珍视这部著作，它积我一生所学，是我一生最宝贵的财富。

　　创作中还得到著名作家渠福启、玄永栋等先生的诚恳帮助，在此表示衷心感谢。

作者

2021 年 4 月 16 日灯下

后记

239

图书在版编目（CIP）数据

摇篮曲 / 许思雨著. — 北京：中国财富出版社有限公司，2024.6
ISBN 978-7-5047-8150-5

Ⅰ.①摇⋯　Ⅱ.①许⋯　Ⅲ.①历史故事—作品集—中国—当代
Ⅳ.①I247.81

中国国家版本馆CIP数据核字（2024）第047959号

策划编辑	李小红	责任编辑	田　超　宋水秀	版权编辑	李　洋
责任印制	梁　凡	责任校对	庞冰心	责任发行	杨恩磊

出版发行　中国财富出版社有限公司

社　　址　北京市丰台区南四环西路188号5区20楼　　　邮政编码　100070
电　　话　010-52227588 转 2098（发行部）　　　　010-52227588 转 321（总编室）
　　　　　010-52227566（24小时读者服务）　　　　010-52227588 转 305（质检部）
网　　址　http://www.cfpress.com.cn　　　排　　版　宝蕾元
经　　销　新华书店　　　　　　　　　　　　印　　刷　北京九州迅驰传媒文化有限公司
书　　号　ISBN 978-7-5047-8150-5 / I · 0376
开　　本　710mm×1000mm　1/16　　　　　版　　次　2024 年 6 月第 1 版
印　　张　16　　　　　　　　　　　　　　印　　次　2024 年 6 月第 1 次印刷
字　　数　244千字　　　　　　　　　　　定　　价　58.00 元

版权所有 · 侵权必究 · 印装差错 · 负责调换